Kirjastotarinoita

Kirjastotarinoita

Parhaat tarinat Helsingin kaupunginkirjaston ja
BoD:n kirjoituskilpailusta

Sisällys

Mielikuvitus antaa siivet

CRISTINA SANDU

Pelko, joka katosi

Minulla on sisko, joka on niin katkera että on lakannut puhumasta kokonaan, ja veli, joka on vasta hyvin pieni mutta huutaa kaiken aikaa. Äidistä ei ole apua, hän muuttuu joka päivä surullisemmaksi. Hänen vaaleat, pehmeät hiuksensa eivät enää kohoa tomeralle nutturalle, silmien puolikuut kasvavat ja tummuvat, vaatteet muuttuvat pussittaviksi tai pesussa kutistuneiksi, iho menettää hehkunsa, huulet pysyvät kiinni ja jaksavat vain harvoin aueta. Isä tulee aina vain myöhemmin töistä kotiin ja menee suoraan nukkumaan. Keittiönpöydän kukikas vahaliina peittyy rasvan ja murujen paksuun kerrokseen, jukkapalmu menettää ryhtinsä ja yrtit muuttuvat kirkkaan vihreistä rusehtaviksi.

On perjantai. Koulu loppuu kolmelta ja sen jälkeen on aivan liian monta tuntia täytettävänä. Voin kulkea vaatekaupasta toiseen, sovitella tyylikkäitä kenkiä ja kalliita takkeja, mutta tyhjä lompakko tekee siitä vain turhaa ja surullista.

Sain pari vuotta sitten oman kirjastokortin. Se tuntui aluksi typerältä, enhän edes puhunut kunnolla suomea. Mutta kirjat olivat lempeitä ja ystävällisiä minua kohtaan, odottelivat kärsivällisinä kun väänsin lauseita ymmärrettäviksi sanakirjan avulla ja kehottivat minua aina lukemaan lisää. Nyt kirjastokortti pelastaa minut turhanpäiväiseltä vetelehtimiseltä ostoskeskuksessa tai sulkeutumiselta tunkkaiseen huoneeseeni, jonka jaan masentuneen isosiskoni ja vihaisen pikkuveljeni kanssa.

Lähden kävelemään kirjastoa kohti palautettavat Doris Lessingit ja Hemingwayt repussa painaen. Pilvet näyttävät olevan pullollaan vettä, mutta sade viivyttelee tuloaan. Ehdin kirjastoon juuri kun taivas repeää, ja sade purkautuu sen mustanharmaasta vatsasta.

Kirjaston avarien lasiseinien sisällä ilkeät ajatukset lakkaavat

9

puukottamasta mieltäni. Hyllyt ovat korkeat ja niiden väliin on helppo piiloutua. Hiippailen kuin rikollinen lastenkirjojen lomassa. Olen liian vanha lastenosastolle ja kuulun yläkertaan vakavasti otettavien aikuisten kirjojen pariin, mutta tarvitsen aina silloin tällöin pienen annoksen lapsuuden huolettomuutta.

Kohtaan hyllyjen sokkeloissa sandaaleillaan luistelevan kirjastonhoitajan, joka järjestelee kulmat kurtussa palautettuja kirjoja takaisin paikoilleen. Hänellä on tummiksi punatut huulet ja suuret, syvänruskeat silmät. Pidän hänen pehmeästä, itsevarmasta äänestään ja pisamista hänen vaalealla ihollaan. Pidän myös hänen kaulallaan roikkuvista punasankaisista silmälaseista – kun hän nostaa ne nenälleen, hänen silmänsä ovat kuin Audrey Hepburnilla. Hän huomaa minut ja seisahtuu eteeni, haroo olkapäille laskeutuvia punaruskeita hiuksiaan ja katselee kirjapinoa sylissäni. Hän hymyilee leveästi ja lausuu iloisen tervehdyksen, johon en pysty hermostuksissani tarttumaan. En osaa suhtautua ihmisten ystävällisyyteen, se on niin vierasta ja hämmentävää. Väläytän hänelle hennon hymyn posket punottaen ja pujahdan hänen ohitseen kohti yläkertaan kiemurtelevaa portaikkoa.

Valtavien ikkunoiden takana sade on lakannut. Aurinko valuu kohti horisonttia. Se maalaa suuria, muodottomia varjoja lukusalin seinille. Alakerrassa on vielä meneillään lasten lukuhetki, ja pieni ääni sisälläni kehottaa minuakin liittymään heidän joukkoonsa. Mutta siitä kun minä olin lapsi, on jo vierähtänyt useita vuosia, enkä halua tehdä itsestäni naurettavaa.

Kyllä minäkin rakastin satuja, silloin lapsena. Meillä ei ollut kirjastoa, mutta oli raivoavana kuohuva joki, öisin avautuvia valkoisia kukkatarhoja ja suuria puita, joiden lehdet kahisivat omia tarinoitaan. Naapuruston vanhat tädit seisoskelivat portteihinsa nojaten, ojentelivat pulleita käsiään luumupuiden oksia kohti ja pureskelivat puun raakoja, kirpeitä hedelmiä. He puhuivat kipeistä polvistaan ja valvotuista öistään, päivittelivät kapakoissa viihtyviä miehiään ja tukalaa kuumuutta, mutta nauroivat paljon ja haaveilivat hienommista vaatteista ja väritelevisiosta. Sitten me muutimme Suomeen kauas vinossa seisovista pikku taloista ja ikuisesta kesästä ja me kaikki olimme aluksi hyvin onnellisia.

On sunnuntaiaamu. Sunnuntait ovat hiljaisia ja pysähtyneitä ja aivan liian lähellä maanantaita. Valkoinen valo hiipii hiljaa värähdellen huoneeseen. Äänet virtaavat ylitseni jostakin kaukaa lattian alta. Äiti on paketoinut Samin kylvyn jäljiltä kuin toukan koteloon. Gabriela nukkuu vieressäni selällään suu auki. Hänen tummat, takkuiset hiuksensa leviävät tyynyn ruusukuvioille. Tummaa, miltei mustaa huulipunaa on tarttunut etuhampaisiin. Nietzschen kirja lepää hänen vatsallaan.

Kotona on nykyään aina hiljaista. Ennen täällä tuoksuivat kahvi ja kanelipullat, mutta nykyään huoneissa roikkuu raskas, äänetön murhe ja sen sisällä kipunoiva levottomuus. Silloin kun Sam syntyi ja me asuimme vielä toisella puolen Eurooppaa, asiat olivat kohdallaan: pullat kohoilivat uunissa, sanomalehti rapisi aamuisin, kirjapinot seisoivat herkullisina pöydillä ja ikkunalaudoilla, Gabriela kirjoitti nerokkaita runoja ja maalasi kirkkailla väreillä, isä vihelteli partaa ajaessaan, äiti virkkasi pitsiliinoja ja ratkoi ristikoita ja ikkunat olivat aina auki. Luimme Gabrielan kanssa kirjoja lattialla ja pureskelimme suolalla kuorrutettuja auringonkukansiemeniä, jotka saivat kielen kirvelemään. Hämärässä yöperhosten siivet heittivät värähteleviä varjoja seinille ja lampun himmeä valo keihästi nurkissa piileksivät karvaselkäiset hämähäkit. Sitten me pakkasimme pienen omaisuutemme laukkuihin, matkustimme junalla monen maan halki ja ahtauduimme kerrostaloasuntoon tämän äänettömän kaupungin laitamille. Ilma pakkautui hiljalleen paksuksi ja ummehtuneeksi verhoksi suljettujen ikkunoiden taakse, keittiössä leijui mikroruokien kemiallinen haju, tiskialtaasta saattoi lukea viikon ruokalistan, kukat nuokkuivat surullisina juuriaan tuijotellen, Gabriela vetäytyi pimeään kuoreensa, äiti makasi sohvalla migreenissä eikä valoja saanut laittaa päälle. Isä lakkasi hoitamasta partaansa. Gabriela hankki rastat ja mustaa huulipunaa. Puistossa Sam jäi jokaisen leikin ulkopuolelle.

Olen kyllästynyt uupumukseen äidin silmissä, närkästykseen isän äänessä, pelkoon Samin kasvoilla, katkeruuteen Gabrielan tuimissa askelissa, pölyyn ikkunalaudoilla ja pianon koskettimilla. Ainoastaan kirjoissa on vielä lohtua, etenkin niissä, jotka tuoksuvat vanhalle paperille ja pehmeälle painomusteelle, seikkailulle, aavikon hiekalle, kohisevalle valtamerelle.

Mutta iltaisin kun Sam ei suostu menemään nukkumaan, kun jääkaapissa on vain vanhaa maitoa ja juustokökkäre, eikä seuraavaksi päiväksi ole puhtaita vaatteita, koska pesukone on vaipunut sadan vuoden uneen, ei yksikään kirja voi viedä minua pois.

Kolmesti viikossa puen ylleni pikaruokaravintolan siniset, kauhtuneet työvaatteet ja olen reipas ja ahkera. Näytän naurettavalta liian suuressa t-paidassa ja rispaantuneissa housuissa, mutta ainakin minulla on jokin tehtävä. Tanssitan moppia kunnes lattia kiiltää kuin kuningattaren peili, hinkkaan ketsuppitahroja pöytien pinnoilta, avaan tukkeutuneita vessoja, hymyilen asiakkaille.

Ranskalaisten rasva höyryää paksuna pilvenä kasvoilleni. Metallikaukalo on täynnä kultaista, kuumaa öljyä, johon perunaviipaleet uppoavat sihisten. Suuri jääkaappi päästelee välillä kimakoita äännähdyksiä. Se vaatii minua jääräpäisesti luokseen ja hiljenee vasta kun painan litteää nappia sen kuperassa, valkoisessa vatsassa. Juopunut nuoriso valuu kuplivana, äänekkäänä virtana kassoille. Minä kipitän kassan ja ranskalaisten perunoiden ja hätäisesti kyhättyjen hampurilaisten väliä ja kuuntelen toisella korvalla koneiden vaativaa piipitystä, toisella työntekijöiden hilpeää, kepeää sananvaihtoa. He puhuvat viikonlopun juhlista, drinkeistä joita aikovat juoda, kymmenen sentin korkokengistä ja tekoripsistä, jotka näyttävät ihmeen aidoilta. Katselen heitä salaa hieman kadehtien ja hieman halveksuen, ajattelen Samia ja Gabrielaa niin kovasti että päätä särkee, ja havahdun vasta kun ranskalaiset ritisevät öljyssä rusehtaviksi.

Kirjasto on tyhjillään ja vain silloin tällöin jonkun vaimea ääni rikkoo täydellisen hiljaisuuden. Luen Coetzeen Hidasta miestä ja katkon hiusteni kaksihaaraisia. Vieressäni istuu Sam. Hän kääntelee Andersenin satukirjan sivuja ja mutisee itsekseen. Tämä on ensimmäinen kerta, kun hain hänet aikaisin päiväkodista ja toin kirjastoon. Hänen silmänsä ovat punaiset ja turvonneet itkemisestä. Joskus pelkään, että Samin sisällä on pelkkää raivoa, joskus sen koko pikku ruumis vavahtelee suuttumuksesta. Mutta nyt hän ei huuda, potki tai raavi, hän katselee kuvaa keisarin satakielestä ja kuljettaa sormeaan linnun punaisia sulkia pitkin.

Pieni, vaimea koti-ikävä nakertaa sisuksiani. Ikävöin luumupuita, suuria maississäkkejä, häikäisevän keltaisia rypsipeltoja, suolaisia siemeniä, kitisevää pihaporttia. Se kaikki katkesi pitkään junamatkaan ja uuteen asuntoon äänettömässä kaupunginosassa. Öisinkin oli niin valoisaa, että nukkuminen oli mahdotonta, naapurit olivat vain kylmiä varjoja ja talvi iski kuin huutava, musta painajainen.

Onneksi oli kirjoja. Äiti luki niitä joka ilta ja me opimme suomea. Muistan yhä kirjat, joissa oli villit värit ja paljon uusia sanoja kuvien ympärillä, kuvien joissa tytöillä oli pitkät komeat hiukset ja punaiset huulet ja pojilla veikeät silmät ja jousipyssyt. Jotkin tarinat olivat piilossa äidin päässä, hän kaivoi ne iltaisin esille ja minä näin kaiken hyvin elävästi. Makasimme Samin ja Gabrielan kanssa sinisissä lakanoissa pää isän ja äidin suurella tyynyvuorella ja sanat piirsivät hurjia kuvia yön pehmentämään huoneeseen. Linnojen tornit porautuivat katon läpi taivaaseen ja miekat kolisivat kilpiä vasten, eikä väsymys saanut meistä otetta kuin vasta hyvin myöhään. Mutta isällä ja äidillä oli suuria toiveita ja odotuksia, jotka yksitellen haihtuivat. Isä oli katkera ja huusi kaiken aikaa, kunnes huutaminen loppui ja kaamea hiljaisuus sai vallan.

Sam hihittelee itsekseen. Kirjat katsovat meitä uteliaina hyllyiltä, punertava iltavalo pisaroi sisälle suurista ikkunoista. Laitan kirjat laukkuun ja Sam nurisee hieman. Lainaan vielä muutaman romaanin Gabrielalle. Ulkona suuret lehdet rahisevat asfaltilla. Äiti lupasi, että hän leipoisi tänään. En halua toivoa liikaa. Lätäkön tyyni pinta särkyy kumisaappaittemme alla. Pilvien reunat palavat punaisina, samoin puiden latvat ja talojen katot. Kaikki on punaista ja keltaista ja oranssia, ja minä pidän siitä.

Valoa riittää vielä myöhään iltapäivään asti. Raikkaat sadekuurot pyyhkivät taivaan poikki ja huuhtelevat pörröiset pilviröykkiöt. Kuuraan kuratahroja lattialaatoista, hinkkaan sormenjälkiä porraskaiteista, ketsuppikoneesta, ovenpielistä. Lakaisen ulkooven eteen kertyneet tupakantumpit. Ilmassa tuoksuu sade ja puun kaarna, leikkipuistojen hiekkakakut ja auringon kuivattama musta asfaltti. Kiireisin päivällisaika alkaa olla lopuillaan. On enää tylsistyneitä teinejä ja se mummo, joka ostaa kolme kuppia kahvia päivässä. Viikonloppu ammottaa edessä kuin suuri musta aukko, pimeän luolan suu, valtava tyhjä tila, jonka täyttäminen on lähes mahdotonta. Iltaisin en halua mennä aikaisin nukkumaan, mutta myöhäiselokuvien jälkeen TV höpisee turhuuksia itsekseen, silmissä kihelmöi väsymys ja unet tunkevat todellisuuden läpi. Mutta jos nukahdan liian aikaisin, herään seuraavana aamuna ennen kaikkia muita ja joudun hiiviskelemään ympäri asuntoa yrittäen keksiä jotakin tekemistä. On vain paljaita, äänettömiä tunteja kuin nämä puhtaaksi hinkatut pöydät, täytetyt maustepurkit ja mopattu lattia. On pelottavaa saada asiat valmiiksi, mitä keksin niiden jälkeen?

Kun viimeiset asiakkaat ovat lähteneet, vaihdan vaatteet ja lähden vastahakoisesti kotiin päin. Raitiovaunut liukuvat ohitseni ruosteisesti naristen. Rasvan ja ketsupin haju on pinttynyt hiuksiini. Pensaiden tummat hahmot kyykkivät hämmentyneinä talojen edustalla, kylmän syystuulen kurittamat puut kurkkivat aitojen yli. Taivas on musta ja tähdetön ja se lepää raskaana hytisevien talojen yllä. En halua mennä vielä kotiin, pieni pelko värisee sisälläni ja saa minut epäröimään. Kuljen pitkin hiljaisia, uneliaita katuja ja haluaisin juosta, kovaa. Palelen hieman. Suomessa on aina kovin viileää ja aurinkokin hymyilee vain etäisesti jostakin kaukaa. Kotona oli aina niin lämmin. Kesäisin toivoimme sadetta, ja toisinaan taivas puristikin muutaman pisaran helteen höyryävään kitaan. Kadut paloivat auringossa ja tuuli hämmensi lehmuksen kukkien pehmeää tuoksua.

Avaan oven hiljaa enkä laita valoja päälle. Hiivin varpaillani makuuhuoneen ohi ja huomaan, että siellä hohtaakin yölampun pehmeä valokehrä. Raotan ovea. Äiti lukee ääneen jotakin Gabrielan runoa. Sam makaa isän sylissä ja tuhisee unissaan kesken jäänyt satukirja päänsä alla. Jään oven taakse seisomaan. En uskalla räpäyttää silmiäni, ettei kuva katoa. Pelko edessä häämöttävien päivien tyhjyydestä ei enää huuda sisälläni. Se on siellä yhä, pienenä myttynä vatsanpohjalla, mutta en anna sen viedä itseäni kokonaan.

Onneksi syksy ei ole vielä ohi. Ruskan värit palavat vielä silloinkin kun aurinko laskee ja taivas vetäytyy pimeäksi. En enää pelkää talveakaan kovin paljon, vaikka se viekin värin puista ja jättää ne seisomaan alastomina ja häpeilevinä. Talvella voi odottaa lunta ja sen tuomaa puhtaan valkoista valoa. Ehkä pimeäkään ei ole niin paha ja ilkeä, kuin olen aina ajatellut. Se kietoo kaupungin pehmeään syliinsä ja antaa katulyhtyjen palaa kauniisti kuin tähdet mustalla taivaalla.

Nostan Samin reppuselkään. Hän keikkuu askelteni tahdissa kuin pieni apina ja päästelee hilpeitä kiljahduksia. Gabriela viuhkoo edellä tuuli mustissa hiuksissaan. Emme pysy hänen tahdissaan, jäämme rantatöyräälle, ja minä kaivan ohuen pienen satukirjan repustani. Meri on valtava äänetön huokaus, sen lempeän sininen selkä sekoittuu taivaaseen. Gabriela näyttää valkoiselta purjeelta vesirajassa. Tuuli pullistaa sadetakin ja piiskaa häntä suolaisilla pisaroilla. Aurinko poraa pilviverhoon reiän ja sen valo pinkoo rantaviivaa pitkin. Vilkutan siskolle, hän taivuttaa päätään niin, että lokit heijastuvat hänen silmiensä mustissa helmissä. Kun hän palaa luoksemme kasvot ja vaatteet suolavedestä märkinä, olemme jo lukeneet kirjan kannesta kanteen.

Matti Vitikainen

Eero ja ukki kirjastossa

Vuotalo on Helsingin rumimpia rakennuksia. Moni on sitä mieltä. Niin moni, että en rupea vastaan väittämään. Mutta mitä kaikkea karun kuoren alle kätkeytyykään. Muun muassa yksi Helsingin hienoimmista kirjastoista. Siksi olin iloinen, kun sain sieltä harjoittelupaikan.

Olin ollut töissä vasta muutaman viikon, kun Islannista tullut tuhkapilvi pidensi yhden lastenosaston virkailijan lomaa. Hänen sanottiin olevan jumissa. Minulla ei vielä siinä vaiheessa ollut vakiintunutta tehtävää. Siksi minua pyydettiin tuuraamaan lomalaista, kunnes jumi päättyy. En ollut ehdotuksesta kovin ilahtunut. Sanoin pomolle, että minulla ei ollut kokemuksia lapsista. Minulla ei edes ollut veljiä tai sisaria. Enkä tuntenut lastenkirjallisuutta kovinkaan hyvin. Pomo kysyi, onko minulla kokemusta lapsena olemisesta. Minä nyökkäsin ja pomo sanoi, että empatiaa peliin vaan. Niin asia oli sovittu.

Ensimmäinen päivä lastenosastolla jännitti. Tiesin, että kun alaluokkalaiset pääsisivät koulusta, meno voisi mennä villiksi. Aamun hiljaisina hetkinä mietin mahdollisesti eteen tulevia ongelmia ja ratkaisuja niihin, kun viereltäni kuului lapsen kirkas ääni:

– Minun pitäisi mennä vessaan.

Poika oli noin metrin mittainen, siis muutaman vuoden ikäinen. Olin jo nähnyt saman pellavapään katselevan kirjoja ja leikkivän kummituslinnan irto-osilla.

– Eikö sinulla ole äitiä tai muuta aikuista mukana?

– Ei ole. Minulla on kova hätä. Masu on kipeä.

Pojan ilmeet ja kehon kieli tukivat sanallista viestintää. Otin kädestä kiinni ja vein hänet henkilökunnan tiloihin. Varoitin poikaa:

– Siellä vessassa ei ole pottaa. – Isot pojat käy pöntöllä.

Ohjasin pojan sisään ja jäin odottamaan oven ulkopuolelle. Muutaman minuutin päästä kuului tuttu klassikkohuuto:

– Pyyhkimään!

Muita, asiaan paremmin vihkiytyneitä ei näkynyt, joten minun oli itse otettava haaste vastaan. Pyyhkimisen jälkeen poika sanoi:

– Kädet pitää pestä saippualla.

Siinä hän oli todellakin oikeassa. Pesin molempien kädet. Talutin pojan takaisin lastenosastolle. Siellä oli hiljaista, kaikki hyvin. Ketään aikuista ei vieläkään näkynyt. Arvioin, että poika oli ollut yksikseen osastolla ainakin puoli tuntia. Kaikki ei nyt ollut kohdallaan. Kysyin pojalta:

– Mikä sinun nimi on?

– Eero.

– Montako vuotta sinä olet?

Eero nosti oikean käden pystyyn. Peukalo oli tiukasti keskellä kämmentä. Neljä sormea sojotti ylöspäin.

– Oli kai sinulla joku aikuinen m
kana, kun sinä tulit tänne kirjastoon.

– Ei ukki ole aikuinen, ukki on vanha. Minulla on ukkipäivä.

– Tiedätkö, missä ukki nyt on?

– Ukki meni tulivuorta sammuttamaan. Se tulivuori on Islannissa. Tulivuoren sisällä on magnaa. Siitä tulee sitten sitä laavaa. Laava valuu vuoren reunaa alaspäin. Se menee sellaiseen hengityspussiin. Siitä voi taas tulla uusi laavapommi. Tulee myös savua. Savu on melkein sama kuin höyry, mutta se on myrkyllistä. Suomessa ei ole tulivuoria, kun täällä ei ole niitä mannerlaattoja. Olen minäkin nähnyt tulivuoren.

– Ihanko totta, missä?

– Skotlannissa.

– Vai niin.

– Minä olin silloin äidin masussa.

– Mutta näit sen tulivuoren sieltä?

– Minulla oli sellainen laite. Se oli erikoinen laite. Se oli rönktenlaite.

– Vai niin. Mennään nyt Eero katsomaan tuolta aikuisten puolelta, näkyisikö sitä sinun ukkia siellä.

Kirjasto oli äkkiä kierretty. Ei löytynyt ukkia lainausosastolta, tietokoneilta, lehtihuoneesta, sen paremmin kuin lukusalistakaan. Minua alkoi todella huolestuttaa. Menin kirjaston johtajan luo ja kerroin tilanteen. Sovimme, että hän kuuluttaa.

– Nelivuotias Eero-poika odottaa ukkia kirjaston lastenosastolla. Siis nelivuotias Eero odottaa ukkiaan.

Ilmoitus kuului kirjaston lisäksi kaikissa Vuotalon yleisissä tiloissa. Odottelimme Eeron kanssa tuoleilla istuen, mutta ukkia ei ilmaantunut. Kyselin Eeron sukunimeä. Sitä hän ei kertonut, se oli salaisuus. Ukin etunimi oli kuulemma Matti. Sukunimeä Eero ei tiennyt. Mitään puhelinnumeroita hänellä ei ollut. Mitähän ukille oli oikein tapahtunut?

Eeroa tilanne ei tuntunut huolestuttavan. Hän alkoi selittää innokkaasti:

– Ennen vanhaan täällä oli jääkausi. Oli myös dinosauruksia. Ne oli kasvissyöjiä. Mutta kyllä ne eläimiäkin söi. Ne oli jäädinosauruksia. Lohikäärmeitä ei ole olemassa. Niitä on vaan saduissa. Ne on aika pelottavia. Lukisitko minulle Viirua ja Pesosta?

Sanoin, että olin kirjastossa töissä ja sain lukea satuja ääneen vain satutunneilla. Eero vastasi, että Viiru ja Pesonen eivät olleet satua. Kun en voinut silti lukea, Eero kertoi osaavansa itsekin. Hän haki kirjan ja tuli viereeni istumaan. Kuvia katsellessaan ja sivuja käännellessään hän mumisi itsekseen jotain, josta en saanut selvää.

– Tämä on enklantia, Eero sanoi.

Ukkia ei kuulunut. Aloin miettiä, pitäisikö ottaa yhteyttä poliisiin tai jonnekin. Se olisi tietenkin johtajan tehtävä. Kysyin Eerolta vielä varmuuden vuoksi:

– Oletko Eero ihan varma, että ukki meni tulivuorta sammuttamaan.

– Se lupasi tuoda sieltä pillimehua.

– Sieltä Islannistako?

– Se tuo sitä baarista. Se baari on Islannissa. Siellä on myös sellaisia pieniä hevosia. Niillä on karvaiset jalat. Ne on poneja.

– Sanoiko ukki, että hän menee baariin?

– Se sanoi, että ruvetaan janoa sammuttamaan.

Samassa rakennuksessa on kahvila Pokkari. Nyt oli mentävä kysymään, oliko Eeron ukkia näkynyt siellä. Eero tarrasi etusormestani kiinni kun lähdettiin. Pyysin ohi mennessämme kollegaa tuuraamaan hetken lastenosastolla. Kerroin Eerolle, että mennään käymään kahvilassa. Hän kysyi ostaisinko minä hänelle pillimehua. Minä lupasin. Eero sanoi, että päärynää tai vadelmaa. Kolaa hän ei halunnut, kun siitä menisi hampaat. Hän kyllä harjasi hampaat itse illalla ja aamulla. Kysyin, miltä ukki näyttää. Eero sanoi, että sillä ei ole kravattia.

Kahvilassa istui vain yksi asiakas. Vanha harmaapäinen ukkeli tuijotti ulos, ei hievahtanutkaan. Kun Eero näki miehen, hän kipaisi pomppelehtivaan juoksuun ja kapusi ukon syliin, puristi tätä molemmin käsin. Ukki oli löytynyt.

Tilasin tiskiltä pillimehua, kahvilan tyttö lupasi tuoda sen pöytään. Menin kaksikon viereen. Vanha mies näytti olevan muissa maailmoissa. Vasta kun hän tajusi Eeron sylissään, hänen ilmeensä kirkastui. Hän kietoi nyt kätensä pojan ympärille. Sitten hän näki minut, siristi silmiä:

– Anteeksi, minun tuli ihan outo olo. Mistäs tämä Eero ilmestyi? Olenko minä ollut tässä pitkäänkin?

Sanoin olevani kirjaston lastenosastolta. Kerroin pääpiirteittäin, mitä siellä oli tapahtunut. Mies pyöritteli välillä päätään epäuskoisen oloisena, ei sanonut mitään. Kun olin lopettanut, mies kiitteli minua kovasti ja pyyteli anteeksi. Tarjoilija toi pillimehun, vadelmaa. Minä kehuin Eeron reippautta.

Tarjoilija oli kuullut meidän jutut ja kertoi:

– Tämä herra tuli tänne varmaan jo tunti sitten. Hän tilasi kahvin mukaan ja pillimehun, mutta jäi kuitenkin tänne istumaan. Kyllä se teidän kuulutus tänne hyvin kuului, mutta kun tämä ei mitenkään reagoinut, niin en arvannut sen olevan hukassa. Vähän minä ihmettelin, kun se niin pitkään vaan istui, mutta täällä käy monenlaista väkeä. Jotkut tykkää vaan istua ja funtsata.

– Kyllä minäkin osaan funtsata, Eero huomautti.

Vanha mies alkoi selittää:

– Minä luin eilen lehdestä siitä teidän kirjoituskilpailusta. Että kirjastosta pitäisi tarina kertoa. Minä innostuin siitä kovasti. Olen kolme vuotta käynyt täällä Vuotalossa työväenopiston kirjoittajissa. Joka kerta olen annetusta aiheesta jonkinlaisen jutun saanut aikaan. Kirjastoissa olen käynyt koko ikäni, tuhansia kertoja. Että kokemusta on, ja kaikenlaista sattunut. Mutta sitten kun rupesin illalla kirjoittamaan, siitä ei tullut mitään. Ei sanan sanaa, ei ensimmäistäkään kirjainta. Tyhjä ruutu.

– Eerolla on ukkipäivä kerran viikossa. Ajattelin, että tullaan tänne kirjastoon yhdessä heti aamusta. Jos vaikka paikan päällä saisi jonkinlaisen inspiraation tai juonen tyngän. Eero ajoi pyörällä sellaista vauhtia, että minä jalkamiehenä ihan hengästyin. Sovittiin Eeron kanssa, että hän odottaa lastenosastolla, kun minä haen kupin kahvia ja pillimehun. On Eero ennenkin ollut siellä itsekseen, kun minä olen käväissyt aikuisten puolella. Hän tykkää leikkiä sen kummituslinnan kanssa.

Ukko kaivoi taskustaan pillimehun, päärynää. Hän antoi sen Eerolle, jonka edellinen mehu korisikin jo viimeisiään. Ukko jatkoi:

– Tuossa tiskillä seisoessa tuli oikein huono olo. Otin nitron ja tulin tähän istumaan. Sitten en muistakaan mitään, ennen kuin te tulitte. Anteeksi vielä ja kiitos. Hävettää niin pirusti. Mitään tällaista ei ole ennen tapahtunut. Ja sattui vielä olemaan Eeropäivä. Kiitos vaan kovasti.

Olin vaivautunut ylenpalttisista kiitoksista ja kerroin, että Eeron kanssa oli ollut mukava jutella. Sanoin sitten, että minun oli lähdettävä työpaikalle. Mennessäni kuulin pojan pyytävän ukkia lainaamaan Viirun ja Pesosen.

Vähän ajan päästä Eero tuli ukkinsa kanssa lastenosastolle. Eero juoksi hakemaan Viirun ja Pesosen. Lisäksi hän sanoi haluavansa Barbababan. Näytin, missä niitä oli. He menivät yhdessä valitsemaan.

Ryhdyin aakkostamaan palautettuja kirjoja. Kuulin, kun Eero ilmoitti olevansa sauroni. Ukki kysyi, että mikä se semmoinen otus oli. Se oli kuulemma niin kuin lohikäärme tai dinosaurus. Sen suusta tuli tulta ja kuumaa vettä. Joskus saattoi tulla myös limaa. Eero kertoi sauronin olevan kova räykymään. Ukki sanoi, ettei räykyminen ollut sopivaa kirjastossa. Aikuisten puolella saattoi olla vanhoja ihmisiä, sydänvikaisia ja sen sellaisia. Eero sanoi, että ihmisen korva ei kuullut sauronin ääntä. Lepakot sen kyllä kuulisivat. Eero kysyi, oliko kirjastossa lepakkoja. Ukki epäili, ettei ollut. Sanoi sitten, että pitää lähteä ruokaa laittamaan. Eero ilmoitti pilkkovansa vihannekset.

Parivaljakko suuntasi automaatille rekisteröimään lainaukset. Eero vilkutti ohi mennessään. Minulle tuli jotenkin lämmin olo, kun katsoin heidän peräänsä. Näin heidän lähtevän automaatilta, kun sain mielestäni erinomaisen idean. Kipaisin perään, ennen kuin he ehtivät ulos. Sanoin miehelle:

– Minulla on teille ehdotus. Kirjoittakaa siihen kilpailuun tästä tämänpäiväisestä. Siinähän teillä olisi loistava aihe. Eero ja ukki kirjastossa, tai jotain sellaista.

Mies mietti vähän aikaa, raaputti päätään, pyöritti sitä.

– Mutta kun minä en muista mitään. Kirjoita sinä. Sinähän tässä olet ollut tajuissasi koko ajan, nähnyt ja kuullut kaiken. Osaat varmasti kirjoittaa, kun olet täällä töissä.

– Enhän minä … ei, en minä…

– Ihan totta, tee se meidän mieliksi. Jos siinä on joku yleisöäänestys, niin äänestän sinua. Minä lupaan lukea sen sinun tarinan Eerolle ääneen. Kirjoitat sitten niin, että sen voi lapsellekin lukea.

Katsoin ukkia ja Eeroa. Harmaa vanha mies, pieni poika puristaa sen sormia rystyset valkoisina. Molemmat katsoivat minua silmiin. Minua alkoi naurattaa. Oli pakko lupautua.

Mutta sitten tajusin: ei varmaan ollut sopivaa, että kirjaston henkilökunta osallistuisi, mahtoiko se olla säännöissä sallittuakaan. Kerroin tämän miehelle. Hän mietti hetken, sanoi sitten: — Lähetetään se juttu minun nimellä. Pannaan sitten palkinnot puoliksi. Me tullaan Eeron kanssa viikon päästä käymään. Kerrot sitten, miten homma etenee.

Mies heippasi ja iski silmää. Hän oli toipunut kohtauksestaan, eikä näyttänyt enää niin vanhaltakaan. Eero vilkutti heiluttamalla kämmentään kuin haapa lehteään. Käsi kädessä lähtivät Eero ja ukki kohti ulko-ovea. Aika velikultia, ajattelin.

Koukuttava dekkari

Napsautin valot pois ja lukitsin toimiston raskaan ulko-oven. Huokaisin helpotuksesta, sillä stressaava työviikko oli ohi. Olin raatanut niin, että ansaitsisin vaikka kunniakirjan ja mitalin! Miten voisin palkita itseni? Ostaisinko herkkuja, menisinkö kuntosalille vai lähtisinkö sauvakävelylle? Kotiin oli kuitenkin ensin mentävä kaupan kautta, joten lähdin kävelemään ostarille päin.

Marketin afrotukkainen kassaneiti kiitti minua käynnistä ja toivotti hyvää viikonloppua, kun tungin viimeistä maitotölkkiä paperikassiin. Oli se sentään hyvä, että olin tehnyt edes yhden ekologisen valinnan ja siirtynyt näihin paperisiin. Nostin täyteen pakatut kassit tiskiltä. Ostokset painoivat niin paljon, että käsivarteni venyivät pitkiksi kuin gorillalla. Se teki kipeää.

Astuessani ruuhkaiselle parkkipaikalle sain kasvoilleni kylmän räntäsateen. Tukka lässähti silmille, mokkakengät imivät vettä kuin sienet ja paperikassit alkoivat vettyä. Äsh! Kotiin päästessäni olisin varmasti märkä, väsynyt ja kiukkuinen. Siinä sitä olisi taas murrosikäisillä ja puolisolla kestämistä! Olin juuri itkuun pillahtamaisillani, kun näköpiirissäni häivähti kirjaston valokyltti, joka loisti kulttuuritalon tiiliseinässä kuin kutsuva majakka. Vatsani murisi, mutta ruuanlaitto saisi nyt odottaa, sillä kunnon kirja voisi pelastaa illan!

Vaapuin kantamuksineni kulttuuritalon eteishallin läpi kirjastoon ja siellä rappusia alas kellarikerrokseen, jossa oli hyllytolkulla kaunokirjallisuutta. Montakohan tuhatta kirjaa minä olin jo ehtinyt elämäni aikana lainata ja lukea? Opin vasta toisella luokalla koulussa kunnolla lukemaan, mutta sen jälkeen en olisi enää muuta tehnytkään. Kirjojen ahmimisikä oli minun kohdallani jatkunut keski-ikään asti.

Jännityskirjallisuushyllyjen kohdalla ilahduin, kun pieni luku-nurkkaus oli vapaana ja odotti minua kutsuvana. Pikkupöydällä palava lamppu loi tilaan kodikkaan lämpöisen tunnelman. Laskin ostokset vihreän nojatuolin viereen, riisuin märän takkini ja ripustin sen pieneen naulakkoon. Säädin kännykän äänettömälle, oioin töissä rypistyneitä vaatteitani ja löhähdin tuolin uumeniin. Vakuutin itselleni, että viipyisin tässä vain hetken ennen kuin kiiruhtaisin kotiin laittamaan illallista.

Katseeni lipui rikosromaanien kaarevissa selkämyksissä, jotka lupailivat seikkailua ja jännitystä, vanhoja ystäviä ja uusia tuttavuuksia, yksinäistä pohdiskelua ja ihmissuhdekiemuroita. Kirjojen mukana pääsisin matkustamaan tuntemattomille seuduille ja avariin maisemiin, mutta sukeltaisin myös syvälle omaan sieluuni.

Kirjarivien katselu rauhoitti minua kuin laineiden liplatus jotakuta toista. Tunsin vajoavani mukavaan transsimaiseen olotilaan. Hyllystä valitsemani romaani poltteli käsissäni. Sen nimi oli *Huumepoliisi Kittilä ja hormonikauppiaat.*

Huhtikuisena perjantai-iltana mustaan nahka-asuun pukeutunut nainen kaarsi helsinkiläisen kuntosalin parkkipaikalle oranssimustalla moottoripyörällä. Hän parkkeerasi Suzuki GSX-R750 -menopelinsä rakennuksen takaseinustalle, veti kypärän päästään ja ravisti hiuksiaan. Joku entinen asiakas olisi saattanut tunnistaa Terhi Kittilän, huumepoliisin vanhemman konstaapelin, mutta onneksi tuttuja ei tullut vastaan. Juuri nyt Kittilä halusi pysyä tuntemattomana. Hän kiinnitti kypärän ohjaustankoon, nosti repun selkäänsä ja harppoi ulko-ovelle.

Terhi Kittilä treenasi kuntosalin jalkaprässissä. Hänen mustiin trikoisiin verhotut lihaksikkaat säärensä saivat osakseen arvostavia katseita salilla pullistelevilta lihaskimpuilta, joiden veressä virtasi varmasti kaikenlaisia anabolisia steroideja. Kittilä ei huomannut ihailua, sillä hänen katseensa oli suunnattu lasiseinän takana näkyvälle vastaanottotiskille. Sinne oli juuri saapunut iso ja jykevä sän-

kitukkainen mies, jonka sileät pojankasvot Kittilä oli painanut mieleensä tietokoneen ruudulta. Siinä seisoi ilmielävänä pahamainenen Pasi Schön, huumepoliisin kauan metsästämä monenlaisten kiellettyjen aineiden välittäjä. Kuntosalin omistaja Keijo "Gorilla" Keinänen otti Schönin ojentaman painavan näköisen paperikassin ja laski sen tiskin taakse. Schön jäi huolettomana nojailemaan tiskiin ja juttelemaan.

Terhi Kittilä irrottautui prässistä, teki näön vuoksi muutaman venytysliikkeen ja kipaisi pukuhuoneeseen. Suihkuun ei nyt ollut aikaa. Kittilä pukeutui nopeasti ja tunki treenikengät reppuunsa. Kun hän ohitti vastaanoton, Schön oli jo lähtenyt. Kittilä heilautti kättään Gorillalle, joka vastasi hymyyn ja huikkasi: "Tervetuloa uudestaan!"

Schöniä ei näkynyt äkillisen räntäsateen pieksämällä parkkipaikalla, joten Kittilä kiersi nopeasti rakennuksen ympäri. Siellä oli polku, joka katosi märkään ja harmaaseen metsikköön. Hän ei lähtenyt polulle, vaan juoksi kauempana ryteikössä äänettömästi kuin kettu. Pian hän sai näköyhteyden Pasi Schöniin, joka talsi savisella polulla. Tupakka röyhysi miehen suupielessä eikä hänellä näyttänyt olevan kiire.

Kittilä vaihtoi kävelyksi, kaivoi puhelimen nahkatakin taskusta ja soitti esimiehelleen komisario Mari Teräsvuori-Huttuselle, kolminkertaiselle isoäidille, jota kutsuttiin Teräsmuoriksi. Tämä piti vahtia autossa kuntosalin parkkipaikalla nuoremman konstaapelin Jussi Turpeisen kanssa.

"No?", Teräsmuorin äänestä kuulsi jännitys.

"Schön toi salin vastaanottoon ruskean paperikassin", Kittilä kuiskasi.

"Hyvä. Masa tekee heti ratsian."

Terhi näki sielunsa silmin Teräsmuorin antavan merkin toisessa autossa istuvalle ylikonstaapeli Martti Setälälle ja tämän miehistölle ennen kuin jatkoi: "Missä Schön on nyt?"

"Kohde liikkuu ostarin ja kulttuuritalon suuntaan jalkaisin metsän poikki."

25

"Aha! Lähdemme sinne!" komisario kuittasi ja sulki yhteyden.
Kittilä kuuli Fordin käynnistyvän kuntosalin toisella puolella. Onneksi Turpeinen ei sentään kaahannut paikalta renkaat vinkuen, koska silloin Schön olisi saattanut arvata jotain.

Pasi Schön ja hänen varjostajansa tulivat metsän reunaan, josta alkoi kulttuuritalon pihanurmikko. Terhi Kittilä kyykistyi tuuhean pajupensaan taakse näkösuojaan, kun Schön jatkoi rentoa askellustaan aukiota halkovaa polkua pitkin. Kittilä odotti kunnes mies katosi talon taa ja säntäsi sitten nurkalle. Hän kurotti kaulaansa nähdäkseen parkkipaikalle, mutta Schön oli kadonnut.

Samassa puhelin värisi Kittilän takintaskussa äänettömästi.

"Missä Schön on? Täällä ei näy ketään!" Teräsmuori ärisi.

"Ehkä hän meni kirjastoon", Terhi äkkäsi. "Minä menen perässä!"

"Hyvä! Ilmoita sitten meille, kun hän tulee ulos, niin me nappaamme hänet. Odotamme ulko-ovella. Älä tee mitään yksin."

Kirjastossa Kittilä käveli matalien lastenkirjahyllyjen välissä rauhallisen näköisenä, vaikka hänen sisällään kuohui: "Mihin Schön on mennyt? Hän ei saa päästä karkuun!"

Kittilä tähyili hyllyrivien yli ja oli kompastua lattialla makaavaan vauvaan, joka jyrsi eläinkuvakirjaa.

"Hei, varo vähän!" kiljaisi nuori äiti naistenlehden takaa.

"Anteeksi", Terhi Kittilä kuiskasi nopeasti, sillä hän oli juuri havainnut Pasi Schönin leveän selän tietokoneen ääressä.

Kittilä kulki hyllyrivien lomassa ja pääsi takaapäin hyvin lähelle Schönin varaamaa asiakaspäätettä. Hän pysähtyi tietokirjahyllyn taakse, siirsi muutamaa näkyvyyttä haittaavaa teosta ja huomasi Schönin tutkivan lähialueen karttoja internetistä. Viereisellä koneella kahdeksankymppinen mies pelasi pasianssia.

Yhtäkkiä Terhi Kittilän vatsa murahti. Schönkin kuuli sen, sillä hän katsahti ympärilleen. Hän ei kuitenkaan huomannut Kittilää, vaan kumartui jälleen näyttöpäätettä kohti. Kittilä huokaisi hiljaa helpotuksesta ja tajusi pidättäneensä hengitystään. Vatsa murisi, koska elimistö oli kuluttanut lounassalaatin viimeistä hip-

pusta myöten loppuun. Kittilää myös janotti hirveästi. Samassa
hän muisti, että kirjastovirkailijan pöydänkulmalla oli vesikannu ja
muovimukeja asiakkaille. Hän siirsi tietokirjat paikoilleen ja käveli
joustavin askelin juomaan.

Havahduin Terhi Kittilän maailmasta, kun jalkojeni juuressa räsähti. Katsahdin lattialle ja näin kuinka kostea paperikassi oli haljennut ja koko sen sisältö kaatunut suoraan dekkarihyllyn alle. Minua alkoi naurattaa, kun konttasin linoleumilattialla keräämässä elintarvikkeita. Tässä olisi kananmunia ja kaakaota muhkeaviiksiselle yksityisetsivälle Hercule Poirotille ja kantarelleja punatukkaiselle espoolaispoliisille Maria Kalliolle. Kahvi sopisi Timo Harjunpäälle, Aleksanteri Piipolle, Jimmy Perezille ja monelle muulle uupuneelle rikospoliisille. Rooibos-teen ja hedelmäkakun voisin lähettää Mma Ramotswelle Afrikkaan. Åsa Larssonin romaanien kiirunalaiset henkilöhahmot voisivat pitää pakasteesta noukkimistani puolukoista ja poronkäristyksestä. Dick Francisin kirjojen laukkaratsut rouskuttaisivat mielihyvin lattialla pyörineet kaurasämpylät ja porkkanat.

Keräsin ruuat pöydälle. Sitten lähtiessäni voisin lainata ostoksilleni sinisen purjekangaskassin kirjastovirkailijalta. Istuuduin ja tartuin jälleen kirjaan, mutta lepuutin hetken silmiäni vastapäisessä öljyvärimaalauksessa, joka esitti taivaalla lentäviä kirjoja.

Eri aikoina ja eri ikäkausina olin lukenut erilaisia kirjoja, jotka vastasivat muuttuviin tarpeisiini. Viime vuodet olin ahminut rikosromaaneja, koska niissä oli täsmälleen minulle sopiva annos romantiikka, suuria tunteita, laskelmallista älyä ja elämänviisautta. Niissä oli jännitystä, draivia ja energiaa, jota minun elämästäni puuttui. Siinä missä dekkari oli kuohuva koski, oma elämäni muistutti hyllyvää suota. Dekkarit olivat täsmälääke puutostilaani. Niiden avulla arki pysyi siedettävänä eikä käynyt toivottoman tylsäksi.

Avasin malttamattomana romaanin ja jatkoin lukemista.

Kun Terhi Kittilä seisoi virkailijan pöydän ääressä juomassa, hän huomasi läheisissä telineissä tennismailoja ja sauvakävelysauvoja, joissa oli kirjaston leima.

"Hei, saako kirjastosta nykyään lainata urheiluvälineitäkin?" Kittilä ihmetteli ääneen.

"Juu-u, se on sitä ruumiinkulttuuria", naurahti hipinnäköinen nuorimies tiskin takana. Hänen sukkeluutensa sai kirjoja lajittelevan afrotukkaisen naisen hihittämään heleästi. Kittilä huomasi, että molempien kaulaa koristivat tuoreet fritsut. Ne toivat hänen mieleensä romanttiset muistot omasta nuoruudesta. Kirjaston musiikkikokoelman äärellä hän oli tutustunut Sepe Kittilään, enkelikiharaiseen prätkäpoikaan, joka oli sytyttänyt hänessä muutakin kuin rakkauden moottoripyöriin. Elämä oli kuljettanut asuinpaikkakunnalta toiselle, lapsia oli siunaantunut, työ oli vaihtunut moottoripyöräpoliisin työstä huumepoliisiin, mutta mies oli pysynyt samana.

Terhi Kittilän muistelut katkesivat äkkiä, kun Schönin kännykkä soi. Schön vastasi, kuunteli hetken, pomppasi ylös ja lähti kiireisin askelin ulko-ovea kohti. Soittaja oli varmasti ollut joku kuntosalin asiakkaista, joka oli ilmoittanut hänelle ratsiasta.

Kittilä tajusi, ettei hän ehtisi varoittaa kollegoitaan. Hän aavisti pahaa ja tavoitteli asekoteloaan, mutta muisti sitten ettei hänellä ollut virka-asetta mukanaan kuntosalikeikan takia. Kittilä tempaisi käsiinsä ensimmäisen keksimänsä aseen: kävelysauvaparin.

"Minä testaan näitä!" Kittilä huikkasi hippimiehelle ja juoksi ovesta kulttuuritalon eteishalliin.

"Hei, hei, tarvitaan kirjastokortti…" mies jäi huutamaan Kittilän perään.

Eteisessä oli täysi rähinä päällä. Schön ei antautunut suosiolla, vaan huitoi ja potki niin, että Turpeisen ja Teräsmuorin oli tempaistava aseet esiin. Aseista huolimatta Schön hyökkäsi komisarion päälle, suisti hänet eteisen lattialle ja riisti revolverin hänen kädestään. "Laske se ase, kyttä! Laske se lattialle tai ammun!" Schön karjui Turpeiselle. Tämä kyykistyi hitaasti ja laski revolverinsa lattialle.

Kittilä hivuttautui eteistä kohti seinän viertä pitkin ja nappasi käteensä jalustalla seisseen kipsipatsaan. Edettyään vielä muutaman askeleen hän viskasi patsaan rikollisen oikealle puolelle, jossa se särkyä räsähti lattialle. Mies käänsi katseensa ja aseen piipun pariksi sekunniksi pois poliiseista. Se riitti Kittilälle. Hän otti tukevan otteen sauvoista, kohotti ne nopeasti päänsä yli, syöksyi eteenpäin ja iski kaikin voimin Pasi Schönin asekättä. Teräsmuorin revolveri lensi lattialle. Schön karjui ja kumartui poimimaan sitä, mutta Kittilä oli nopeampi: hän otti sauvoista leveän otteen, hyppäsi Schönin selkään, kiersi sauvat miehen kurkkuun ja kuristi vahvasti. Hän veti miehen päätä taaksepäin, kunnes Turpeinen sai tämän rautoihin.

Kun mustamaija oli hakenut Schönin, Teräsmuori laski kätensä Terhi Kittilän olalle. "Hyvää työtä, Kittilä! Pelastit meidän henkemme! Tästä hyvästä saat poliisin kullatun ansiomitalin ja kunniakirjan erityisen merkittävästä toiminnasta vaarallisessa tilanteessa. Kiitos!"

Kittilän voitonriemuiset tunnelmat haihtuivat mielestäni kuin usvapilvi, kun joku ravisti minua olkapäästä ja huhuili: "Herätkää, rouva, kirjasto on suljettu!"

Räväytin silmäni auki ja tuijotin suoraan kuusikymppisen kirjastovirkailijan kasvoihin. "Mitäh? Paljonko kello on?"

"Kello on viisi yli kahdeksan."

"Voi ei! Maidot ovat varmasti hapantuneet!" huudahdin ja pomppasin seisomaan. Ihmeekseni molemmat paperipussit olivat ehjät ja ostokset niissä vielä sisällä. Ravistelin päätäni saadakseni ajatukseni oikeille raiteille ja ymmärtääkseni, mitä oli tapahtunut.

"Dekkari sai minut valtaansa niin, etten kuullut enkä nähnyt mitään", pahoittelin. Hapuilin romaania käsiini, kurkistin pöydän ja tuolinkin alle, mutta en löytänyt sitä.

"Anteeksi, mutta oletteko ottanut sen kirjan, jota olin juuri lukemassa?"

"Ette te ole mitään lukenut", virkailija hymyili pahoitellen. "Nukuitte koko illan."

"Ihanko totta? Voi miten noloa!" huudahdin. "Miksi ette herättänyt minua?"

"En millään raaskinut, koska olitte niin onnellisen näköinen. Näytitte siltä kuin olisitte löytänyt aarteen."

ANNI KOHVAKKA

Harmaa vainu

Häilyvänruskeilla seinillä kirjaili kuuluisia runonsäkeitä. Sapfo turhautui elämän mielettömyyteen ja Li Po ylisti pikarin voimaa jäähyväisten hetkellä. Säkeitä kiersi haaleanvihreiden silmien tarkkaavainen katse jatkuen siteerausten ylitse ovaalinmuotoisen lukuhuoneen seiniä sirklaten. Salin lattiatasolla kiikkeröi matalia hyllykköjä sanakirjojen painosta, avarat ikkunat antoivat kattojen ylitse ja oikeanpuoleisella seinustalla oli kutsuvasti avonainen oviaukko. Hoikka naulakko vartioi lukusalin vierailijoiden takkeja herkeämättömällä luotettavuudella.

Lintumaisen kapeakasvoinen vihreäsilmä rapsutti huomaamattaan pitkulaista nenänvarttaan samalla kun antoi katseensa levähtää hajamielisesti lukusalin muissa lukijoissa. Oli jo varhainen ilta. Salin rosoisten pöytien äärellä istuskeli enää muutama henkilö kirjansa kannattelemana. Ikkunoista näkyvien kattojen harjanteet loistivat tummanoranssin auringonlaskun sävyttäminä. Pilvettömän taivaan ansiosta saattoi nähdä melkein merelle saakka – itse asiassa jos oikein pinnisti näköaistiaan, avomeren selänkaistale kimalsi ilman epäilystäkään tuolla kattojen välissä – haaleanvihreäsilmäinen hymähti hiljaa.

Hän laski katseensa takaisin kirjaansa ja lehteili haperoisia sivuja etukannelle. Tummanpunaisella aluspahvilla luki *Vea Salakari*. Hän sipaisi pitkiä, tummia otsahiuksia silmiltään ja selaili kirjan takaisin kohtaan, johon oli jäänyt. Haukotus purkautui tahtomattaan hänen huuliltaan. Kai oli vain pakko jatkaa lukemista... Vea vilkaisi suttuisiin muistiinpanoihinsa, joita hänen pöytänsä oli täynnä. Hän oli kirjoittanut lukuisia ruutupapereita täyteen omaperäisellä, aavistuksen koukeroisella kaunokirjoituksellaan. Epämääräisessä järjestyksessä lojuvat paperit oli sentään numeroita ja sen paperin ylärivillä, jonka nurkkaa koristi numero yksi, luki suurin kirjaimin *"Kauhusymboliikka Laura Sointeen saduissa."* Onpas välillä tuskallista olla kirjallisuudentutkija, Vea huomasi ajattelevansa, kun yritti vielä jatkaa tutkimuskirjaansa. Kirjan tieteellisen hankala teksti vaikutti olevan kuitenkin jossain kaukana saavuttamattomissa, selittävän teorioita omassa maailmassaan, jonne Vean väsähdys oli evännyt pääsyn. Vea siirsi kirjan sivuun ja noukki muistiinpanojensa alta Laura Sointeen *Mustia helmiä ja muita satuja.* Hän selasi sivuja kirjanmerkin osoittamaan kohtaan ja yritti syventyä tarinaan. Teksti tempaisi mukaansa hetkeksi, mutta pian Vea huomasi hätkähtävänsä, kun ei ymmärtänytkään, miten sadun neito oli yhtäkkiä ajautunut merikalliolle susien saartamaksi. Vea aloitti uudelleen samasta kohdasta kuin hetkeä aikaisemmin, yrittäen uudelleen eläytyä tarinaan maailmaan... Sanat lipuivat kuitenkin tavoittamattomissa, hän ei pysynyt enää mukana sadun monivivahteisissa juonikuvioissa. Veaa harmitti, sillä hän oli juuri saanut varaamansa vuoden 1920 näköispainoksen satukirjasta käsiinsä. Hän oli kaivannut kauan edes tämän näköispainoksen löytämistä! Onnettomuudekseen Vea ei ollut saanut ihan oikeaa vuoden 1920 painosta lainattua ainoastakaan kirjastosta. Kirjastovirkailijat olivat tarkastaneet tietokannoistaan painoksen olemassaolon, mutta kirja vaikutti kuitenkin kadonneen mystisesti kirjavarastoista ja hyllyistä kaikkien ulottumattomiin. Vea kaipasi kuumeisesti tuota alkuperäispainosta *Mustista helmistä ja muista saduista.* Miten muuten hän saattoi uppoutua täysin tuon satukirjan maailmoihin, haistamatta vanhan paperin tunkkaisenpölyistä tuoksua, lehteilemättä ohuita sivuja, joita lukuisat aiemmat lukijat olivat ennen lehteilleet, tarttuneet sivuihin pakonomaisesti joka kerta, kun jännittävä kohta oli vallannut heidän mielensä antaen vain koristeellisilla kirjaimilla painetun tekstin muodostua huumaavaksi kertomukseksi heidän mielessään?

Vea kohotti yhtäkkiä katseensa kirjasta, mikä aiheutti pienoisen rusahduksen hänen niskassaan. Hän hieroi ylänikamiaan hieman vaivalloisesti. Mitä hän oli säpsähtänyt? Vea vilkuili ympärilleen lukusalissa ja tajusi kattolamppujen syttyneen. Aivan, ulkona alkoi olla jo aivan hämärää... Veaa haukotutti taas ja hän tiiraili ikkunoiden suuntaan. Ne näyttivät suurilta pöllön silmiltä, jotka tuijottivat häntä vastaan tummansinisinä. Vean teki mieli nousta ylös ja kävellä päätyikkunan luokse, katselemaan vain hetkeksi maisemia... Näkisiköhän hän juuri päätyikkunasta meren? Vea katsahti vielä ympärilleen. Kukaan ei näyttänyt huomaavan hänen kuikuiluaan lukusalissa. Vea työnsi tuoliaan taaksepäin. Puutuolin jalat raapaisivat hieman lattiaa, mikä sai Vean seisahtumaan hetkeksi. Veaa lähimpänä oleva lukija liikahti hieman, mutta käänsi vain sivua kirjassaan. Vea päätti olla välittämättä, vaikka pitäisikin pientä meteliä. Ei lukusalissa nyt aivan hiirenhiljaa tarvinnut olla! Ja saisihan hän kävellä ikkunan ääreen, pientä verryttelyä vain, tuskin kukaan siitä häiriintyisi...

Vean hieman korkeakorkoisten nilkkureiden askeleet kaikuivat haperoivasti, kun hän käveli päätyikkunan eteen. Hän vilkaisi taakseen lukusalin tummapuisten pöytien suuntaan ja näki, ettei kukaan katsonut häntä. Vea nojautui ulkoilman kylmyyttä hohkaavaa ikkunalautaa vasten. Hänen olisi tehnyt mieli kiivetä leveälle ikkunalaudalle istumaan ja katselemaan siitä maisemaa... Tai jos ikkunalaudalla saisi vaikka lukea? Se oli selvästi muurattu tarkoituksella leveäksi, jotta siihen mahtuisi istumaan ja haaveilemaan. Ikkunasta avautuva avartuva kattomaisema antoi nimittäin runsaasti haaveilun aihetta.

Täältä ikkunan ääreltähän avautui aivan omanlaisensa kaupunki! Katot kaartelivat ja kohoilivat epätasaisena mielikuvitusmaailmana kauas horisonttiin. Kaupunkilaiset katselivat Helsinkiä varmasti harvemmin tästä perspektiivistä kirjastossa vieraillessaan. He syventyivät vain kirjojen mustepisaroista muodostuviin maailmoihin tajuamatta kohottaa katsettaan ikkunoihin lukemisen lomassa. Tällaisessa maisemassa saattoi rauhassa lepuuttaa silmiään ja antaa kirjan tarinan kasvaa mielessään entisestään, unohtua vaikka hetkeksi pohtimaan päähenkilön ulkonäköä, piirtää tämän kuva noita vielä tyhjää taustakangasta muistuttavia kattoja ja taivasta vasten. Juuri tuolle kankaalle taiteilija saattaisi taideteoksensa hahmotella ja maalata viimeistä sivellystä myöten täydelliseksi.

Samassa Vea kohensi ryhtiään ja katsahti tarkemmin ikkunan alla avautuvaa kirjaston kattoa. Oliko hän nähnyt aivan oikein vai antanut taas vain mielikuvituksensa lennellä niin lukemattomia reittejä, ettei ollut pysynyt haavekuviensa perässä? Vea silmät siristyivät kapeiksi viiruiksi ja seuraavassa hetkessä ne räpsähtivät ammottaviksi ympyröiksi. Sisäkatolla, ehkäpä kymmenen metrin päässä siitä ikkunasta, jonka äärellä Vea katseli, seisoi nyt nimittäin tummiin verhoutunut nainen katseellaan ympärilleen haroillen.

Nainen jähmettyi hetkeksi täysin, kun hänen katseensa osui Veaan ikkunan takana. Seuraavaksi nainen astui ensimmäisen varman askeleen lukusalin ikkunoita kohti. Vea olisi varmasti lähtemään ikkunan luota karkuun, ellei olisi nähnyt naisen hymyilevän hänelle. Vea ei voinut kuin tuijottaa naisen lähestymistä. Pian nainen seisahtuikin ikkunan taakse ja kaivoi paksun, mustan villahameensa taskusta ruosteisenmetallisen ikkuna-avaimen. Vea katseli hämmentyneenä, kun ikkuna avautui jäykästi narahdellen. Nainen hivutti ikkunan kuitenkin varmoin ottein varovaisesti kokonaan auki.

Kuulaanvihmainen lokakuun iltaviima puhalsi Vean hieman järkytyksestä polttaville kasvoille. Vea oli vain parin metrin päässä naisesta, joka katseli hänen arvoituksellisesti hymyillen pyöreiden, mustasankaisten silmälasiensa takaa. Hän oli sitonut paksun korpinmustan tukkansa nutturaksi niskaan ja hänellä oli hameen jatkona samettinen jakkutakki ja jalassaan hullunkurisen näköiset, kärjistään kiharalle suippenevat korkokengät. Vealle tuli naisesta mieleen helmipöllö, joka tuijotti häntä vastaan värähtelemättä ja ystävällisesti.

– Hei! Tervetuloa Rikhardinkadun kirjaston tornivierailulle, nainen toivotti heleällä äänensävyllä.

– Anteeksi kuinka? Vean kurkusta kurahti.

– Olen Rikhardinkadun pohjoisen kirjastotornin kirjastonhoitaja Helena Harmaa.

– Helena –?

– Harmaa, aivan, nainen jatkoi ja hänen hymynsä syveni, kun hän katseli Vean pöllämystynyttä ilmettä.

– Minä olen Vea Salakari, Vea tajusi esittäytyä.

– Aivan, sen tiesinkin. Lisäksi tiedän sinun toiveesi löytää Laura Sointeen satukirjan *Mustia helmiä ja muita satuja* painos vuodelta 1920. Nyt sattuu olemaan niin, että minulla on tämä kyseinen kirja kirjahyllyssäni pohjoisessa tornissani! Joten tervetuloa mukaani, astuhan vain ikkunasta ulos tänne katolle, jotta voin johdatella sinut luokseni pohjoiseen kirjastotorniin.

– Sinulla on *Mustien helmien ja muiden satujen* vuoden 1920 painos? Vea henkäisi, unohtaen täysin senhetkisen absurdin tilanteen.

– Kyllä vain, ja lainaan sen sinulle mielelläni. Kunhan sinulla on vain kirjastokorttisi mukana?

Vea tarkisti nopeasti pitkän villatakkinsa taskun ja tunsi lompakon painauman kättään vasten. Hän nyökkäsi jännittyneenä.

– Selvä, tervetuloa vain perässäni torniin, Helena lausui ja käänsi Vealle suuntansa lähtien kävelemään kapeilla koroillaan kohti vähän matkan päässä kohoavaa tornia. Vealle tuli kiire ehtiä Helenan perään. Hän laskeutui kömpelösti ikkunasta sisäkatolle ja kietoi saman tien villatakkia paremmin ympärilleen. Kylmä iltatuuli tanssi voimakkain pyörtein näin korkealla. Vea ei ehtinyt ihailla kauaa maisemia, sillä Helena piti hänelle jo ovea auki pohjoistorniin. Vea asteli oven luokse vikkelästi, uskaltamatta sentään juoksuun pyrähtää.

– Tervetuloa sisälle, Helena hymyili ja viittasi Veaa astumaan torniin. Vea yritti vastata hermostukseltaan hymyyn, nielaisi ja astui epävarmasti sisälle hämärään portaikkoon, josta johti kierreportaat tornin huipulle.

– Siitä vain portaita pitkin, Helena huhuili Vealle.

Vea lähti nousemaan rohkeasti hämyisiä portaita ja kuuli,

kuinka Helena liittyi pian hänen seuraansa portaikkoon. Portaat päättyivät melko nopeasti tasanteelle.

– Aukaise vain ovi, se on auki, Helenan ääni kuului.

Vea tarttui oven koukkuiseen messinkikahvaan ja raotti oven auki. Vea kurkisti ensin varovaisesti sisälle ja astui sitten oven raosta hitaasti hämyisään pyöreään huoneeseen. Varjot huojuivat katosta roikkuvan myrskylyhdyn siivittäminä huoneen kaartuvien seinien kirjahyllyillä. Keskellä huonetta oli kuusipuinen, vanha sohvapöytä ja sen molemmin puolin kaksi samettipäällysteistä, rispaantunutta tummanvihreää nojatuolia. Vea vilkaisi vielä oikealle ja huomasi tornissa yhden avaran akkunan. Sen ikkunalaudalle oli asetettu retkikeitin, jonka päällä vihelsi kuhmuinen kupariteepannu.

– Tervetuloa pohjoiseen kirjastotorniin, Helena toivotti toistamineen, kun astui Vean perässä huoneeseen.

– Mikä ihmeellinen torni tämä oikein on? Vea kysyi ymmällään.

– Tämä on kirjaston erikoisempien ja salaperäisimpien kirjojen torni. Olen erikoistunut kirjastonhoitajana juuri pohjoisen kirjastotornin ylläpitämiseen ja hoitamiseen. Minulla on eräs erikoinen kyky – tai oikeastaan sudellani on eräs erikoinen kyky.

Vea ei ehtinyt ihmetellä Helenan sanoja kauempaa, kun yksi varjo näytti liikahtavan ja seuraavaksi Vea tajusikin, että hoikka, varjonharmaa susi oli astunut Helenan viereen. Se istahti alas ja katsahti Helenaan vinoilla, yönmustilla silmillään ja heilautti häntäänsä. Vea katseli suden sulavaa olemusta ja kapeaa kuonoa lumoutuneena, mutta hieman varautuneena.

– Tässä on Tuuli, suteni, joka tulee joka kerta luokseni, kun joku kaipaa kirjastossamme jotakin ainutlaatuista kirjaa hartaasti. Yleensä tämä kirja löytyy tällöin pohjoistornista ja Tuuli aina tökkää viisaalla kirsullaan tuota kirjaa hyllyssäni, jota kaivataan. Tänä iltana se ilmoitti jonkun kaipaavan Laura Sointeen *Mustia helmiä ja muita satuja*. Minun tehtäväkseni jäi selvittää tämän kirjan kaipailija. Kun näin sinut tuolla eteläisen lukusalitornin ikkunassa, tiesin paikantaneeni tavoittelemani haikailijan!

Helena asteli korot kopsahdellen kirjahyllyjen luokse, luki hetken kirjanselkämysten nimiä ja vetäisi hyllystä viimein ohuehkon kirjan, johon oli kuvitettu kanteen suurisilmäisen ja kiharahiuksisen tytön kasvot. Tytön kapeaa kaulaa kiersivät kuulaat helmet. Kannessa luki pyörein kirjaimin *Laura Soinne* ja kuvan alla samantyylisin, joskin sirommin kirjaimin *Mustia helmiä ja muita satuja.* Helena ojensi kirjan juhlallisesti Vealle. Vea otti kirjan haparoiden käsiinsä ja lehteili saman tien sen etukannelle, jossa luki painosvuotena 1920.

– Voi, kiitos aivan suunnattomasti! Juuri tämä kirja on korvaamattoman arvokas tutkimuksessani, ja varsinkin tämä ihan vuoden 1920 painos... Näköispainoksesta puuttuu nimittäin kuitenkin osa kuvituksesta, eikä ole sama asia lukea pelkkää näköispainosta, nyt saatan oikein aistia Laura Sointeen lumovoiman, joka hänellä on ollut aikalaislukijoihinsa, nämä kun ovat lukeneet juuri tätä painosta...

– Ei tarvitse kiitellä, tai kiitä ennemmin Tuulia, Helena hymyili. Vea katsahti loistavin silmin Tuuliin. Hän oli jo astumassa lähemmäs silittääkseen sutta, mutta Helena esti hänet käden heilautuksella.

– Ei, valitettavasti Tuulia ei saa koskea, koska silloin se aina säikähtää ja karkaa omille teilleen. Mutta sekin aistii sinun kiitollisuutesi! Minun pitää vain lainata kirja sinulle, saanko kirjastokorttisi ja kirjan hetkeksi?

Vea kiirehti ojentamaan kirjan takaisin Helenalle ja kaivamaan kirjastokorttinsa esille. Hän katseli, kuinka Helena poimi hameensa taskusta pienen nahkaisen muistikirjan, taittoi sen taidokkaasti auki oikeasti kohdasta ja kirjoitti kirjastokortin numerosarjan, kirjan nimen ja päivämäärän kirjaseen vanhanaikaisella täytemustekynällä. Helena pudotti muistikirjan takaisin taskuunsa ja lehteili seuraavaksi satukirjan takakannen sivulle, johon oli kiinnitetty lappunen.

– Kirjoita tähän lappuun oma nimesi ja lainauspäivämäärä, ja sitten lainaus on valmis.

Vea otti Helenan tarjoaman kynän ja istahti hetkeksi vihreään nojatuoliin kirjoittamaan lainauslappuun *Vea Salakari, 11.10.2010.* Vea huomasi, että hänen lainaustaan edeltävä lainaus oli vuodelta 1956.

– Noin, nyt kirja on lainassasi. Muista palauttaa se kuukauden kuluttua tavallisesti tuonne ala-aulaan virkailijalle, Helena sanoi hymyillen.

– Voi, en tiedä miten kykenisin kiittämään kylliksi...

– Ja höpsistä, tätähän varten me kirjastonhoitajat olemme, Helena hymähti hymynsä lomasta.

Vea oli pakahtua onnesta ja kiitollisuudesta, mutta hänen puhetaitonsa oli kuihtunut jonnekin kurkun seutuville. Tuuli luikahti Helenan viereltä portaikkoon ja Vea astui sen perässä pyöreästä kirjastotornista ulos, Helena joukon vanavedessä. Pian he olivat taas ulkona lokakuun iltahämyssä, Rikhardinkadun kirjaston sisäkatolla, Helsingin yllä. Vea näki, että Tuuli jolkotti pohjoisen tornin taakse sulautuen täydellisesti taas varjoihin.

– Mihin Tuuli menee?

– Omille teilleen, Helena vastasi ja katseli suden perään hymyillen edelleen heläjöivää hymyään.

– Miten se löytää tänne takaisin?

Helena kohautti olkiaan.

– Kuka tietää. Sillä on vain luonnollinen vainu pohjoisen tornin kirjojen suhteen. Se tietää aina, kun joku kaipailee tornista kirjaa. Oli hienoa auttaa sinua tänä iltana! Kiiruhdahan takaisin sisälle, jotta et vilustu. Kirjastomme suljetaan vajaan puolen tunnin päästä, joten sinun on hyvä päästä kokoamaan kirjasi ja muistiinpanosi lukusalista pöydältäsi.

– Kiitos vielä hirvittävästi! Vea lausui. Helena vain nauroi ja heilutti hänelle kättään.

Vea harppoi lukusalin avonaiselle ikkunalle. Onneksi ikkunan alla oli pari seinästä lohkeillutta tiiliskiveä, johon jalat oli ollut hyvä asettaa. Hän pääsi sisälle lukusaliin melko kunniallisesti. Vea sulki ikkunan perässään kiinni ja tajusi vasta sitten vilkaista itse lukusaliin. Oliko kukaan ihmetellyt hänen omituista katoamistaan ikkunasta ulos ja taas kömpimistään sisälle?

Mutta ei, lukusalissa oli enää kaksi lukijaa, jotka eivät näyttäneet huomanneen mitään erikoista. Vean kulmakarvat kohosivat piirun verran hämmästyksestä kohti otsahiusten rajaa. Hän ei kuitenkaan jäänyt ihmettelemään ikkunan luokse kauempaa, vaan kiirehti pöytänsä ääreen tahtoen syventyä vain hetkeksi Laura Sointeen vuoden 1920 satukirjaan, jota hän oli niin hartaasti kaivannut tutkimuksensa lomassa.

Kymmenen minuutin päästä kuului tuttu kuulutus: "Hyvät asiakkaat, kirjasto suljetaan 15 minuutin kuluttua." Vea kohotti katseensa satukirjasta. Lukusalin kaksi muuta lukijaa näyttivät pakkailevan tavaroitaan laukkuihinsa. Ehkä hänkin voisi jo lähteä. Vea pinosi paperinsa muovitaskuun, asetti muutaman tutkimuskirjan ja satukirjat nyörireppuunsa, heilautti repun olalleen ja tökkäsi mustekynänsä korvansa taakse. Hän lähti lukusalista viimeisenä vilkaisten vielä olkansa ylitse pääikkunan suuntaan. Ikkunasta näkyi kaistale kirjaston pohjoistornia, jonka akkunasta näytti heijastuvan heikkoa, myrskylyhdyn lepattavaa valoa. Vean huulet taipuivat hymyyn, kun hänen mieleensä piirtyi kuva Helenasta teekupposen äärellä kirjastornissa, Tuuli kenties omilta teiltään palanneena Helenan jaloissa nuokkuen, Helena valmiudessa etsimään kaivattuja kirjoja ja ojentamaan niitä harvinaisuuksia haikaileville.

Emma Kantanen

Tiira

Kirjastokortin allekirjoitus oli tehty värisevällä lapsenkäsialalla, mutta kirjaimet todistivat, että Tiiran nimi oli harvinaisuudesta huolimatta virallinen. Nimenselvennystäkään ei ollut tehty aikuisen kädellä, sillä niin päättäväisesti Tiira oli lausunut: "Haluan itse". Ja vaikka kynänkärki oli polyviinikloridilla liukas, oli pääteltävissä, että lukemaan ja kirjoittamaan Tiira oli oppinut jo varhain.

Siitä asiakirjasta tiskini laser luki tuttua viivakoodia vuosien ajan, niin kuin minäkin luin Tiiran kuiteista mitä uljaimpia seikkailu- ja rakkaustarinoita oppien hänen julmat numeronsa ulkoa, vaikka omiani en muistanut.

Tuo tyttö kävi kirjastossa useammin kuin kukaan muu. Ja vaikka Tiiran katse oli riveillä vikkelä kuin itse kiilasiipi sukeltaessaan, vietimme usein aikaa lukien yhdessä V-hyllyn vieressä, sillä siellä oli raikkain ilma, ja minusta oli hauska ajatella, että tuo pieni lintu piti avoimen ikkunan tuulenvireestä. Talvisin paikalla oli kylmä ja saatoin ottaa Tiiran syliini ja lukea hänen olkapäänsä ylitse seuraten samoja kirjaimia, samoja kuvia, samoja sydämenlyöntejä, jotka nopeutuivat kun Nautilus hukkui.

Joka päivä kerroin hänelle, että kirjat ovat tärkeitä, ja miten hienoa oli, että hän arvosti niitä niin jo varhaisesta lähtien. Kirjoja on kohdeltava niin kuin ystäviä, eikä kaikkia niiden sanoja kannattaisi sokeasti uskoa, kuten ei läheistensäkään, ja vuosien mittaan hauras untuvikko kasvoi sylissäni nuoreksi, jonka ylpeästä ryhdistä ja tiedonjanosta saattoi päätellä, etteivät hänen siipensä taittuisi koskaan.

Ja niin monella muullakin tapaa se nimi, jolla Tiiran äiti ja isä olivat lastaan siunanneet, osoittautui maailman enteikkäimmäksi. En tiedä, olivatko hänen vanhempansa ammateiltaan tutkimusmatkailijoita, diplomaatteja vaiko selvänäkijöitä, mutta mitä todennäköisimmin sen verran ornitologia heistä löytyi, ettei tyttären nimeäminen muuttolinnun mukaan voinut olla vain sattuman kauppaa. Kaikki tiet vievät Alexandrian kirjaston polttaneeseen Roomaan, mutta kiitoradat vievät kaikkialle, eikä maa itse kiilasiiven alla ollut mitään muuta, vaikka sitä ympäröivät valtionrajat vaihtuisivatkin.

Eräänä aamuna suuri Atlas jäi viimeiseksi niteeksi, jonka tuo tyttö lainasi. Se päivä, jolloin Tiira todella ymmärsi, että maailma oli hänen ja siiveniskut vahvoja, oli minun onnettomuuteni, ja siitä lähtien aika tuntui vielä sietämättömämmältä viholliselta kuin koskaan ennen. Aiemmin se oli vuosi vuodelta sysännyt minua kauemmaksi, sitä mukaa kun Tiira minua lähestyi. Se esti minua, kidutti minua, käänsi koko maailman minua vastaan ja valehteli Tiiralle, ettei sylissäni olisi enää saanut istua.

Eikä se riittänyt, vaan sitten minut pakotettiin katselemaan, kuinka Tiiran kortille kertyi sakkoa aina kuuteen euroon asti, eikä karttakirja palannut kirjastoon, niin kuin ei varkaansakaan V-hyllyn nojatuolille. Aika kului, ja joka aamu palatessani töihin tiedostin vain, että minun ja Tiiran välillä oli tuhansia päiviä, kilometrejä ja kirjastolaitoksia, joiden sanat olivat vieraita ja kellot näyttivät eri tunteja.

Kerran minua pyydettiin ajamaan pois joku V-hyllyn nojatuolille nukahtanut. Mieltäni huvitti ja raastoi vertaus käestä, joka salaa asettuu toisen pesään, mutta sinä päivänä kaikki maailman epätodennäköisyys kokoontui yhteen, tanssi ja juhli. Kirjailijoiden lisäksi sydämestäni omistivat palasia vain hyvin harvat, mutta ei ole yhtään liioitellun sentimentaalista ilmaista, että erään kadonneeksi luulemani sirpaleen äkillinen läsnäolo pysäytti väsymättömimmän lihakseni yhdeksi silmänräpäykseksi.

Siinä hän oli, minun Tiirani.

Jos aika joskus olisi saanut ulkomuodon, niin sangen iljettävä hirviö se olisi ollut, ja niin hullun eläimen voimalla minä olisin Tiiraa siltä suojellut. Mutta silloin minusta tuntui ensimmäistä kertaa, että siroluisilla nyrkeillään Tiira oli tehnyt ihmeitä ja näyttänyt kiduttajalleni, kuka käskee ja kumpi kiitää kovempaa. Vaikka rantalintuparit ovat toistensa kaltaisia, hän ei enää ollut niin poikamainen kuin ennen.

Mutta siinä hän oli, minun Tiirani. Niin kuin uskoin lukeneeni runoutta hänen kuiteistaan, minä uskoin hänen tulleen V-hyllylle odottamaan vain minua. Halvaannuttavan liikutuksen vallassa minä kumarruin ja ravistin hereille meret ja rajat ylittäneen, uupuneen olennon, joka kaikkien valtion huolehtivien laitosten joukosta etsi suojaa juuri kirjastosta. – Minun kaupunkini kirjastosta, jonka kulmakiven on laskenut kuningas ja jonka seinät kertovat yhtä monta tarinaa kuin kirjatkin.

"Herää tyttö, nouse ja näytä että olet korkea kuin minä. Näytä että käsivartesi kantavat tusinan Atlaksen painon ja nyrkkisi pärjäävät vuosille", minä ajattelin. Halusin, että hän kuvailisi kaikki meidät erottaneet kirjastot ja kertoisi kaikkien niiden vieraiden hyllyjen tiedon, joka täältä puuttui. Aavistin, että hän oli takuulla ollut jossain, missä oikeasti kirjastojen tammiovia vartioivat tupakkahalstareiden sijaan sateen alle luhistuvat leijonat ja joiden Z-hyllyn jälkeen ei enää ole muuta kuin seinä. Mitä tahansa, minä kuuntelisin niin kuin hän lapsena kuunteli minua, koska ohikiitävien hetkien ajan jonkun ääni voi olla kaikki, mitä silloin tarvitsee, ja ilman sitä voi kuolla nopeammin kuin ilman vettä ja unta.

"Olen tullut uusimaan lainan", Tiira lausahti havahtuen ja yrittäen mitä liikuttavimmalla tavalla epäonnistuen antaa sellaisen vaikutelman, ettei olisi koskaan torkahtanutkaan.

"Ole onnellinen siitä, että sakolla on yläraja... Muuten olisit velkaa yli kolmesataa", sanoin ja kaduin tahdittomuuttani kuin Katariina Aleksandrialaisen mestaaja, sillä niin vahvalla jäntevyydellä Tiira loikkasi pystyyn.

"Minulla ei ole niin paljon!" hän huudahti edes kuuntelematta minkä suuruinen hänen lopullinen sakkonsa olisi ja raskaan Atlaksen halaukseensa nostaen. U, T, S, R – hän juoksi hyllyrivien läpi, ohi lainaustiskin ja ulos ovesta, kuin katariinanpyörää pakeneva.

Seuraavana iltana yllätin Tiiran yrittämässä uusia lainaa toiselta kirjastonhoitajalta. Juoksin paikalle kuin petetty rakastaja, mutta Tiira ei enää paennut, vaan seisoi urheasti kirja kämmenensä alla ja purki hämmennyksen sormiinsa, jotka seurailivat kannen kultakirjaimia. Se oli niin hukkaan heitetty ja viehättävä ele, joka todisti, että sanattomassa omistustaistelussa oli neljäskin osapuoli, josta Tiira ei olisi millään halunnut luopua ja jonka tilalla nyt vuosien jälkeen moni nuori mies olisi voinut haluta olla.

Hänen katseensa oli tummien kulmien alla kiivas ja olkapäät taaksevedetyt, mutta sanoitta tartuin Tiiran käsivarteen ja vein hänen sormensa kultaiselta A:lta. En tiedä, olisiko tyttö seurannut kannoillani vapaaehtoisesti, ellen samalla olisi luvannut, että jos hän juttelee kanssani hetken, annan hänen sakkonsa anteeksi. Jokaisen askeleen tahdinlyönnillä mieleni valtasi uudelleen karmiva epäilys siitä, muistiko Tiira edes enää, kuka olin, ja vilkuilin armonlaukauksena hämmästynyttä katsetta, jota ei kuitenkaan tullut.

Sen sijaan, kun päästin hänet V-hyllyn nojatuolille ja istuin itse lattialle herra Valéryn, Vernen ja Voltairen neroudentulosten juureen, Tiiran kasvot valtasi hymy, joka yltyi kuin kavalanhidas myrsky.

"Kirjoja on kohdeltava niin kuin ystäviä, eikä kaikkea lukemaansa kannata uskoa. Se on totta, kaikkia matkoja ei voi mitata vaaksoilla", hän huokaisi.

Siinä hän oli, minun Tiirani.

"Olitko poissa tuhat vai miljoona päivää? Millä tuulilla liikut, mistä oikein tulet?" kysyin ja katselin kuinka hänen jalkansa ylettyivät maahan, mutta tapa istua oli edelleen tuttu. Jalat ja kädet ristissä kuin siivet ja hymy kuin lentokuvio, jonka varjoa kohti katseeni kiinnittyi kuin haukalla.

"Sivulta 41."

Väistin viimehetkellä siipien siluettia kuin olisin havainnut sen vain heijastukseksi lasissa ja kysyin, oliko tuo salaperäinen paikka kaukana.

"Sangen. Aiotko todella antaa minulle sakon anteeksi?" Tiira varmisteli vilpittömästi hämmästellen ja vastasin myöntävästi, lisäten kuitenkin, ettei hän voisi lainata kirjaa enää uudelleen. Kuulutuksessa kollegat ilmoittivat vartin ajasta poistua. Minun olisi pitänyt tarkistaa, että kirjasto todella tyhjenee, mutta niin paljon minulla oli vielä kysyttävää Tiiralta. Mitä hänen nykyhetkestään muka tiesin? En koskaan ollut edes nähnyt häntä missään muualla, kuin kirjastossa. – Mitä jos hän ulospäästyään vain kävelisi kahvilaan ja kirjoittaisi lautasliinaan viestin tarjoilijalle? Hipaisisiko hän lipunrepijän kättä elokuvateatterissa? Ei, voi ei, hänen pitäisi kertoa, tunnustiko hän todella salaisuuksia, kun kortinlukijan piipitys peitti hänen äänensä.

Hyllyrivien takana toisten hoitajien korkojen kaiut liikkuivat niteiden ja sidosten välillä, himmenivät kulutettuun paperiin ja vaimenivat lopulta kokonaan. Niin monet kädet olivat niitä sivuja kuluttaneet. Minun Tiirani oli valkea kuin itse kiilasiiven selkä ja taas yritti aika likaisin kourin hänet luotani viedä. Kun valot sammuivat rivi kerrallaan, Tiira nousi ylös tavoitellakseen katkaisijaa kuin yökiitäjä, jonka tuli lopulta tuhoaisi, ellei sitä ehtisi helliin kämmeniin sieppaamaan.

"Älä vain liiku", huudahdin kun vihreät valopisteet syttyivät katon nurkkiin. "Luulen, että hälytys kytkettiin päälle. Todella, voi hyvä tavaton, hälytys kytkettiin päälle. Me jäimme kirjastoon."

Tiira jähmettyi niille sijoilleen ja vaati katsellaan minua selittämään, oliko kyseessä jokin vitsi tai leikkisä temppu, silkka ammattitaidottomuus vai hajamielisyys. Pyysin, että hän istuisi takaisin tuoliin ja jäisi aivan paikalleen, sillä jos liiketunnistimet huomaisivat meidät, saisin vielä työskennellä lopunikäni tarjoilijana tai lipunrepijänä.

Ja siinä hän pysyi, minun Tiirani. Niin lähellä, että pystyin hipaisemaan hänen polveaan, ja niin kaukana, etten tiennyt, hakkasiko hänen sydämensä yhtä lujaa kuin silloin, kun Nautilus hukkui. Ulkona pimeni ja silloin tällöin jonkun pihasta peruutta-van auton valokiila eksyi reitiltään sisään ja päästi minut hetkeksi lähemmäs. Miten ovelalla tavalla nuo valot kykenivätkään leikki-mään Tiiran kasvojen varjoilla, kun hän kuvaili minulle tarinaa uljaista ja pelottomista areniittikissapedoista, ja minä kerroin, etten itsekään enää pelännyt aikaa.

"Tämän rakennuksen kaikki viivakoodit, kaikki polyviiniklo-ridi, kaikki kortinlukijat ovat muistuttaneet julmista numerois-tasi, kaikki sivut, sanat, säkeet ja paperi ovat kaivanneet katsettasi ja kostuttamattomia sormenpäitäsi hoitajansa lailla", huusivat väsymättömän pitkien lauseitteni rivivälit ja Tiira ymmärsi.

Ja joskus puolenyön jälkeen uuvuttuani omia lauseitani nope-ammin ja torkahdettuani lattialle ajovalojen kaipuuseen, kuulin hänen vastauksenaan sen, mitä kortinlukijan ääni oli minua es-tänyt erottamasta.

Lähes yhtä lämmittävältä kuulosti kämmeniin vaimennettu re-pimisen ääni, jonka unihoureissani toivoin syntyvän kappaleiksi silputtavista ja kelvottomaksi rutistettavista matkalipuista, joita muuttolintu ei enää tarvitsisi, kun hän kiivaan mielijohteen voi-masta olisi yhtäkkiä päättänyt, ettei haluaisi poistua etelään enää koskaan. Mutta vastoin toiveitani havahduin hereille, kun Tiira anoi minulta anteeksipyyntöä kuin Orleansin neitsyt kirjaston pyhimyksen miekan edessä.

"Olen niin pahoillani, että turmelin Atlaksen!" hän huudahti ja tunsin yönkuultavassa tyhjyydessä, kuinka hän kumartui minua kohti, istui takaisin tuolille ja polvistui uudelleen. Hän hengitti ulos sademetsän ilmaa, liikkui kuin minareetin juurella ja mu-reni kuin leijona, ja minäkin kurottauduin lähemmäs, tietämättä mikä oli se syy, joka aiheutti hänessä tuon epäröivän tarpeen mi-nun lohdutukselleni.

"Sano, jos minun pitää palata ja maksaa siitä, kun minulla jos-kus on varaa! Se on kallis kirja, eikö? Oikeasti, olen niin pahoil-lani, että turmelin Atlaksen..."

Hän vaikeni ja äkillisesti voimistuneen tuulenvireen saattelemana vihreät valopisteet livahtivat ikkunan lasipinnalta ulkoil-maan. Nousin ylös liikkuen niin monta unenhorjuvaa askelta, kuin särkyvä kehoni antoi myöten ja kameroiden syyttävät silmät suinkin vain suuttumatta sallivat, mutta Tiira oli poissa.

Putosin istumaan kirjaston ruutulattialle ja puristin rintaani vasten valtavaa kirjaa, leveää kuin ihminen. Vieressäni herrat Valéry, Verne ja Voltaire lohduttivat minua tuttuudellaan, kun painoin leukani vasten Atlaksen selkää ja hymy karkasi huulilleni, sillä huomasin repsottavat sidokset.

Sivu 42 oli repäisty pois.

Heli Määttä

Betty Blue

Oli uni unettomasta yöstä. Tyttö nousi vuoteeltaan ja samassa hän seisoi aamutakkisillaan jokirannassa. Hän tunsi olevansa alasti takin alla. Takki oli kuin koiran kieli, joka nuoli hänen paljasta mahaansa. Vedestä huokui höyryä, joka valeli livettäviä rantakumpareita. Pakkanen oli juuri tullut.

Oli pelattu Afrikan tähteä. Tyttö oli mennyt Capetowniin, maksanut pankkiin kolme oranssia satasen seteliä ja kääntänyt lätkän. Se oli tyhjä, valkoinen. Se oli kuu.

Tyttö pudotti takin päältään. Hän käveli jokeen ja vesi avautui kuin kirja. Sivulla luki: "Täällä on liejupohja ja paljon vetehisiä. Sinulle puhkeaa suomut ja mulkosilmät. Pidä varasi."

Hotellissa on hiljaista. Edes vastaanottotiskillä ei ole ketään. Vilkaisen aulan peilistä kasvojani ja sipaisen takinrinnukseen tarttuneen punaisen langan. Helmiäisenvalkoinen huulipuna saa suun näyttämään raollaan olevalta lämpimänmeren simpukalta, josta helmi on viety kauan sitten.

Jokirantaan on muutaman kadunvälin matka. Kävelen hitaasti kuin vastustelisin tietä.

– Et voi olla tosissas, ruskeaan nahkatakkiin pukeutunut mies ärähtää. Mies on kalpea, silmien alla kelluvat mustat pussit.

– Tosi on. Me lähdetään joskus joulukuussa. Ja ollaan ainakin vuosi. Sitä tuntee ittensä taas nuoreksi, kun alottaa alusta.

– Entäs mistä rahat? kalpea mies kysyy.

– Talo saatiin myytyä siinä kolme viikkoo sitte. Meni ihan hyvään hintaan. Sillä rahalla saa tehtyä syntejä syviä, kun ei tuhlaa. Tullaan sitten takaisin yhtenä tai kahtena kappaleena. Sovittiin Seijan kanssa, ettei oteta stressiä.

Ennätän vielä nähdä nahkatakkisen miehen ällistyksestä ja uteliaisuudesta pullistuneet kasvot ennen kuin äänet katoavat kulman taakse.

Katulamppujen salamavalossa heijastun pimeästä näyteikkunasta. "Vuokrattavana", julistaa ruutuun liimattu oranssi kartonki. Jään tuijottamaan kuvajaistani. Varttia yli nuori nainen tuijottamassa tyhjää, pimeää näyteikkunaa. Ohut pitkä tukka laskeutuu harmaalle, kaapumaiselle takille kuin levä. Takinhelma läpsähtelee sääriä vasten. Mustat housut on kiristetty vyötäröltä niin punaisella vyöllä, että se näkyy miltei takin läpi.

Kuljen Aninkaisten katua jokirantaa kohti. Pysähdyn toisen pimeän näyteikkunan eteen. Vesiohenteisella ulkomaalilla valkoiseksi maalatut, kuumaiset kynnet erottuvat selvästi pimeästä lasista. – Onko kukaan koskaan keksinyt maalata kyntensä ulkomaalilla! oli Leena puuskahtanut ne nähdessään. Mutta itse asiassa tulos oli varsin tehokas ja kestävä.

Ylitän joen ja kiipeän kiviset portaat Tuomiokirkkoon. Se on luola, jonka pylväät kohoavat kattoja kohti kuin tuhansien vuosien aikana kekoontuneet tippukivet. Lattia on merenpohja, johon kuolleet vesikasvit ovat saostaneet märän parketin. Siellä täällä penkkiriveillä istuu ihmisiä päät painuksissa. Pieni tyttö osoittaa pyhimystä, jolla on piikikkäät säteet pään ympärillä. Äiti hymyilee ja puistaa päätään.

Pysähdyn sillalle katsomaan kuinka vesi kiitää silta-arkkujen ohi. Poikkean kirjastoon, joka on kirja kirjalta koottu, ympäri maailmaa, sivu sivulta hyllyihin vangittu. Tuhansien kirjojen sataan kertaan käännetyt sivut tuoksuvat sormenpäille. Wild, Wilde – poimin hyllystä *Dorian Grayn muotokuvan*, joka vetää pöhöttyneet kasvonsa voitonriemuiseen virneeseen.

– Tämä kortti ei meillä käy, sanoo tiskin takana istuva nainen, kun ojennan turmeltuneen kirjani ja kirjastokortin hänelle.

– Mä olen Kajaanista käymässä.

– Ei mitään, kaikki kirjoista kiinnostuneet saavat kortin.

Kun olen saanut uutuuttaan kiiltävän kortin käteeni ja sujauttanut *Dorian Grayn* reppuun, kuulen kuinka ulkona alkaa sataa kaatamalla. Sateenvarjottomana olisin minuutissa läpimärkä. Palaan hyllyjen väliin. Näen kuinka ovesta sisään pelastautuu sateen laikuttama mies. Se on sama kalpea tyyppi, jonka kaveri oli tekemässä irtiottoa. Mies seisoo hetken nolon näköisenä oven edessä. Näkee, että hän ei ole kirjaston vakioasiakas. Hän vilkuilee ympärilleen ja kävelee hiipien. Hän katsoo suoraan kohti, mutta ei näe minua. Yhtäkkiä tuntuu kuin olisi nälkä ja jano ja vessahätä. Sitten tulee kuuma. Tai kylmä. En ole varma. Kädet tuntuvat köynnöskasveilta, jotka etsivät puuta jota pitkin kasvaa. Hyllyvin polvin nojaan reunimmaiseen kirjahyllyyn. Kaivan puhelimen taskusta ja näppäilen Leenan numeron.

– Miltä se tuntuu kun rakastuu? sipisen puhelimeen.

– Mitä että? Kuka siellä?

– Jossu. Etkö sä höhlä nää kuka soittaa?

– Mulla on kurkut luomilla, mä en oikeesti just nyt näe mitään.

– No miltä se tuntuu?

– Mikä?

– Kun rakastuu.

– Ihanalta. Ja vähän ahdistavalta. Aivan taivaalliselta. Ei tarvi unta ja pottumuusikin on enkelten ruokaa, mutta silti sitä ei tee mieli.

– Mä luulen että mä rakastuin just äsken.

– Mitä sä höpötät? Sun on paras tulla seuraavalla junalla kotiin.

– Se tuli just ovesta sisään ja mulla meni heti päähän.

– Ota nyt iisisti. Se saattoi olla vaan joku aivoverenkiertohäiriö. Tuu kotiin sieltä.

– Mun täytyy mennä nyt. Kiitti sulle.

Mies kulkee hyllyjen välissä kuin labyrintissa. Sillä on upea takamus. Silloin tällöin se vetää jonkun värikässelkäisen kirjan hyllystä ja vilkaisee kantta ennen kuin työntää niteen takaisin. Se tykkää kirkkaista väreistä, muttei selvästi ymmärrä kirjoista mitään. Kaivan kirkuvanpunaisen huulipunan laukustani ja vedän huuliin paksun kerroksen väriä pelkällä suutuntumalla. Sadepilvet leppyvät ja ropina lakkaa, puheliaat peltikatot muuttuvat mykiksi. Mies nostaa päänsä ja tuijottaa ikkunoihin. Hän panee kirkkaankeltaisen kirjan takaisin hyllyyn ja alkaa hiipiä ovea kohti. Seuraan miestä ulos. Hän kävelee nykivästi, empivästi, kuin ei olisi päättänyt, mihin mennä. Välillä hän pysähtyy, kääntyy taakseen ja kuin odottaisi jotakuta. Töksähdän paikoilleni, heitän silmäni irti hänestä ja tuijotan Läntisen Rantakadun varrella olevan ravintolan ikkunoissa liplattavaa kutsuvaa valoa. Pikkuruutuisen ikkunan takana nainen istuu pää kallellaan ja kuuntelee lempeällä äänellä puhuvaa miestä. He syövät keitettyä siikaa ja röstiperunoita. Siikojen valkoiseksi kiehuneet silmät pullottavat röstiperunaan pistetyn hennon tillipuun varjossa. Nainen nyökkää ja leikkii korvakorullaan. Se on ohuessa ketjussa riippuva pieni arpakuutio. On minun vuoroni heittää noppaa, löytää vihdoinkin Afrikan tähti. Voitonriemuisena nostan katseeni. Mies on kadonnut.

Juoksen takaisin kirjastoon, en yritäkään etsiä miestä. En usko etsimiseen. Jos jotain hukkuu, pitää ottaa iisisti ja antaa ajatuksen kulkea. Kirjamuureilla on rauhoittava vaikutus. Huohotan hetken ja annan etusormen kynnen juosta kirjojen selkiä pitkin. Siitä kuuluu liplattava ääni. Se tuo mieleen mökkirannan. Järvellä ei ole ketään, rannat ovat autiot. Riisun hitaasti kaikki vaatteet ja annan niiden pudota laiturille, jonka jokainen lauta on tuttu. Ilma ei liiku, on täysin tuuletonta. Alastomana tuntuu kuin muuttuisi palaksi maisemaa, osaksi luontoa, luontokappaleeksi, joka on ollut vaatteiden katveessa, piilossa. Harjun takaa alkaa kuulua joutsenen nasaali huuto, kohta se on uljaine lumisiipineen, käärmemäisine kauloineen jo järven päällä ja kaartaa yhä alemmas, koukkaa laiturin läheltä. Tunnen joutsenen aiheuttaman ilmavirran ihollani ja kuulen valtavien siipien humahtelun huudon läpi. Se laskeutuu parinsadan metrin päähän laiturista ja jää tuijottamaan minua. Kiipeän uimatikkaita alas veteen, samaan veteen kalojen ja joutsenen kanssa. Uin rauhallisin vedoin jonkun matkaa laiturista järvenselälle, rikon vedenpinnan varovasti, pärskyttämättä. Pysähdyn, jalat eivät yletä enää pohjaan. Oikaisen itseni selälleni kellumaan, katson liukuvärjättyä taivasta, kuuntelen veden ääniä.

Sormeni pysähtyy, liplatus loppuu. Sormeni kohdalla on Philippe Djianin *Betty Blue*. Rakas Philippe, rakas Betty. Olin lukenut sen monta vuotta sitten. Sen kansi näyttää halvalta; siinä toljottaa joku nainen sinisessä taivaankannessa ja alareunassa on harittavilla jaloillaan seisovia bungaloveja, joista yhden Betty poltti. Kannen perusteella en olisi sitä koskaan valinnut, mutta sen sisus oli kryptoniittia. Se oli yksi kirjaston suurimmista aarteista. Silloin kun vielä uskoin etsimiseen, olin etsinyt elämän tarkoitusta kauan ja mitä omituisimmista paikoista, mutta tässä se oli ollut koko ajan. Se tarvitsi vain ottaa käteensä tuhansien niteiden joukosta ja imeä hippokampukseen. Elämän tarkoitus oli rakastaa, elää elämäänsä kuin seikkailua, mennä eteenpäin. Piti muistaa, että ilman mielikuvitusta ihminen on sokea. Piti uskaltaa katsoa nurjakin puoli. Joskus päivä oli niin täydellinen, ettei tiennyt kumpi puoli oli tarkoitettu oikeaksi, kumpi nurjaksi. Kirjassa ei sanottu mitään tällaista, mutta olin lukenut kaiken rivien välistä. Siellä se luki kissan kokoisilla kirjaimilla. Djian oli mestari kirjoittamaan asiat isolla äänellä rivien väleihin.

Kun olin vauva, äidillä oli tapana sanoa minulle, että sinä olet tyttö, et kaarisilta. Minä huojahtelin takaraivoni ja kantapäitteni varassa ja hytkytin mahaani. Se ei ollut äidin mielestä ihmisen asento. Se toi mieleen kirjan Bettyn: Betty oli aito kaarisilta, hän uhmasi painovoimaa, ärsytti aaltoja allaan. Silitän kirjan kantta kämmenselälläni kuin lasta. Mieleen nousee kadulla kadonnut kalpea mies. Kunpa hän olisi kuin *Betty Bluen* minä-kertoja. Kunpa minä en kuitenkaan olisi Betty Blue. Rakastaisiko hän minua silti? Nimittäisikö minua pikkulinnuksi, käsivarttani mimosan oksaksi?

Ulkona sataa taas, mutta on pakko lähteä. Hiljainen kirjasto hiljenee entisestään. Kohta se menee kiinni, kirjastontädit panevat ovet lukkoon ja jättävät kirjat keskenään. Siellä ne kuiskivat toisilleen, Mayerin vampyyrit valvovat ja imevät eläinkirjojen peurat kuiviin, Amy Tanin Keittiöjumala istuu nurkassaan ja juo kallista teetä, syö appelsiineja. Heathcliff ja Catherine kulkevat vaimein askelin käsi kädessä ympäri kirjastosalia. Aina kun he suutelevat, loisteputkivalaisimista pulppuaa kyyhkysiä. Kirjat hengittävät, jotkut keuhkoilla, toiset kiduksilla. Ne puhuvat.

– Mauno Joensivu, *Ihmisiä telineillä*, hillitty herrasmies esittäytyy. – Rakennusmestari.

– Holly Kennedy, *P.S. Rakastan sua.*

– Minä olen tuolta kauempaa, P:n kohdalta. Päätalo, Kalle Päätalo. Sillä on koko hylly.

– A niin kuin Ahern. Jonkun Ahernin tytär. Ei tämä peeässä mikään kummonen stoori ole. Liian vähän tunnetta, liikaa pippaloita. Mä olisin halunnut olla vähän syvällisempi tyyppi.

He juttelevat koko yön, 50-luvun jäykänjyhkeä esikoispäähenkilö 2000-luvun gimman kanssa. He ihastuvat. Mauno on hitaasti lämpiävää tyyppiä eikä rakastu heti, Holly on jo unohtanut Gerryn ja valmis uusiin kohtaloihin. Seuraavana päivänä silmälasipäinen mies lainaa *Ihmisiä telineillä* ja he tapaavat vasta seitsemän viikon päästä.

– Kirjasto menee kiinni, nainen sanoo takaani pehmeällä äänellä.

– Joo sori, mä lähden ihan nyt. Mä luulen että mä rakastuin yhteen mieheen täällä aikasemmin, sitten se katosi. Mulla taitaa olla pää vähän jumissa.

Nainen katsoo minua hymyillen ja heilauttaa hiuksiaan.

– Kuullostaa ihanalta. Täällä on helppo rakastua. Kirjasto vie kiireen.

Astun hitaasti portaat kadulle. Nainen oli oikeassa: kirjastossa aika muuttuu, hidastuu, venyy, sekunnit pyöristyvät kulmistaan,

aika on pehmeää, se ei tee kipeää, siinä voi kellua. Kadulle pääs-
tyäni aika palaa tuttuun vuolaaseen uomaansa, joka pakottaa
eteenpäin. Suuni on kuiva ja mahani kurisee, mutta minulla ei
ole nälkä eikä jano.

Lähden vaeltelemaan päämärättömästi eteenpäin. Pimeä mais-
kauttelee huuliaan jokaisen varjon kohdalla. Istahdan jokiran-
nan penkille. Sillan suunnalta tulee Dobermannia ulkoiluttava
mies. Hänellä on ruskea nahkatakki ja kalpeat kasvot. Kalpeat
kasvot! Katson miestä tarkemmin pimeän läpi. Olen varma, että
hän on SE mies. Ehkä ei sittenkään. Jos minun pitäisi tunnistaa
mies poliisiasemalla viidestä vaihtoehdosta, en ole varma että
osaisin. Mies antaa koiran nuuhkaista kenkääni ja kääntyy sitten
jatkaakseen matkaa. Koira tassuttelee keskelle kävelytietä, väis-
tää ohiajavaa pyöräilijää, palaa takaisin ja nuuhkaisee toistakin
kenkääni. Mies hymyilee.

– Mielenkiintoiset kengät.

Koira vilkaisee minua kuin vastausta odottaen.

– Mä olen Kajaanista käymässä. Nostan taitoksistaan kulunutta
karttaa ja tutkin, kuinka Aurakatu ylittää sillan ja lävistää kau-
pungin.

– Niinkö, mies toteaa.

– Niin.

Hän istahtaa märälle penkille. Penkin päässä oleva katulyhty
välähtää kirkkaasti, himmenee lähes sammuksiin, välähtää vielä
kerran ja sammuu sitten. – Valomerkki, mies nyökkää lamppua
kohti, mutta ei nouse lähteäkseen.

Mies on nelissäkymmenissä, mietteliäs, nostaa paljaan kätensä
suun eteen, haukottelee. Oikeastaan ruma. Avopäin. Sentin sänki.
Naimaton. Tai ehkä eronnut – nimettömässä erottuu rusketusta
vasten kapea, talvi-ihonvalkea sormuksen haamu.

– Tämä on pieni kaupunki.

– Miten niin? Kajaani on pieni kaupunki, mies sanoo.

– Mihin se tyyppi aikoi lähteä Seijansa kanssa?

– Ne hullut. Kairoon ovat menossa. Mistä sä tunnet Jannen?

– Kävelitte vastaan Maariankadulla. Mä näin sun ilmees, kun se kailotti myyneensä talonsa ja lähtevänsä vuodeksi. Sä olit kateellinen.

Mies tuijottaa jokea. Kävelytietä laukkaa pannaton koira, jonka silmissä on villi kiilto. Heti sen perässä pinkoo nuori poika. Mies nostaa kädet kasvoilleen ja huokaisee.

– Sä olit oikeessa. Turku on pieni kaupunki. Vastaantulijatkin tietää mun asiat paremmin kun mä itte.

– Tää on kolmas kerta kun mä näen sut.

– Miten niin?

– Ensin Maariankadulla, sitten kirjastossa ja nyt täällä.

– Me ollaan kai sitten vanhoja tuttuja, mies naurahtaa.

Istumme penkillä kokonaisen vartin mitään sanomatta. Tutkin karttaa ja mies istuu viivoittimenmitan päässä minusta. Taittelen kartan kokoon ja tuijotan ohivirtaavaa vettä. Se vie valojen ja puiden kuvajaiset mennessään kohti merta. Avaan *Dorian Grayn*.

– *Ken sukeltaa pinnan alle, tekee sen omalla vastuullaan*, siteeraan ja näytän kirjan kantta miehelle.

– En ole lukenut. Näyttää homeiselle.

– *Naiset ovat koristuksia. Heillä ei koskaan ole mitään sanottavaa, mutta he sanovat sen hurmaavasti*, luen suoraan kirjasta.

– Mutta tällä vuosisadalla ne polttavat ruohoa ja sanovat perkele, eikä niillä vieläkään ole mitään sanottavaa. Mä erosin just äsken. Meillä ei kummallakaan ollut mitään sanottavaa. Paitsi perkele.

– Voitaisko me tavata huomenna? Treffit? Kirjastossa, D:n kohdalla. Mä haluaisin näyttää sulle yhden kirjan. Ja voitais käydä vaikka kahvilla. Mä lähden illalla takaisin Kajaaniin.

Mies ei sano mitään, mutta hän katsoo minua silmiin, syvemmälle kuin kukaan koskaan. Kun hänen silmänsä alkavat upota sieluun saakka, käännän katseeni tiehen, koiran sileään turkkiin.

– Käviskö kolmelta?

Mies hymyilee, mutta ei vastaa.

On kylmä. Vesi viilettää uomassaan kuin avattu ajatus, viileä, nopea, vapaa. On kulunut jo toinen vartti tai tunti tai kaksi. Tuntuu kuin me oltaisiin jossain entisessä elämässä harjoiteltu yhdessä hiljaa olemista ainakin kolmekymmentä vuotta. Koira panee makuulleen miehen jalkojen juureen. Kohta se laskee kuononsa tassujen päälle. Vesi juoksee nopeasti ohi, ajatus ei saavuta sitä enää. Mies istuu hiljaa. Takki on lämmin, joki on nopea. Nukahdan.

He pelasivat, koska uni ei tullut. Lopulta tyttö hävisi. Rosvo vei loputkin rahat ja tyttö jäi vangiksi St. Helenan saarelle. Afrikan tähti löytyi Gold Coastista ja kotiutui nopeasti Tangieriin.

Rosvo oli raakaa laatua. Ruma. Avopäin. Sentin sänki. Hän käski tytön riisuutua. Tyttö otti kengät jalastaan ja sukat, kääntyi selin, avasi pitkän takkinsa ja riisui muut vaatteet sen suojissa, kietaisi takin ympärilleen ja antoi vaatteet rosvolle. Rosvo tunki vaatemytyn takkinsa alle ja osoitti jokea.

Tyttö oli kyykistynyt rantakumpareelle ja puristi käsivarret polviensa ympärille. Hän nousi kankeasti jaloilleen ja astahti taaksepäin. Rosvo harppasi tyttöä kohti ja jäi seisomaan viivoittimenmittan päähän hänestä. Afrikan tähden päälle pärskähti hiekkaa ja muutama pikkukivi. Rosvo astui toisella jalallaan pelin päälle. Se repeytyi taitosta pitkin ja terävä kivenlohkare pisti sen läpi. Rosvo osoitti edelleen jokea. Vaatemytty pullotti öljykangastakin alta kuin saaliinsa syöneen krokotiilin maha. Tyttö kyyhötti hartiat kyyryssä märällä töyräällä ja vesi virtasi hänen takanaan. Hän tunsi olevansa alasti takin alla. Takki oli kuin koiran kieli, joka nuoli hänen paljasta mahaansa. Vedestä huokui höyryä, joka valeli livettäviä rantakumpareita. Pakkanen oli juuri tullut.

Oli pelattu Afrikan tähteä. Tyttö oli mennyt Capetowniin, maksanut pankkiin kolme oranssia satasen seteliä ja kääntänyt lätkän. Se oli tyhjä, valkoinen. Se oli kuu.

Tyttö pudotti takin päältään. Hän käveli jokeen ja vesi avautui kuin kirja. Sivulla luki: "Täällä on liejupohja ja paljon vetehisiä. Sinulle puhkeaa suomut ja mulkosilmät. Pidä varasi."

Elämäni taikapiiri

Se oli sinikantinen satukirja. Tyttö erotti sen jo kaukaa ja tarttui siihen pienillä käsillään. Satukirja oli esillä lastenosaston hyllyssä, aivan kuin odottamassa tyttöä saapuvaksi. Aivan kuin se olisi hiljaa kuiskinut tytön korvaan: "Täällä minä olen valmiina ja odotan sinua. Kun avaat ensimmäisen sivun, pääset mielikuvitusmaailmaan, jossa mikään tai kukaan ei voi satuttaa sinua." Kirjaston ovi oli tytölle muutenkin ovi aarrekammioon, josta hän ei koskaan lähtenyt pois tyhjin käsin. Päinvastoin. Äiti käski tytön jopa vähentämään lainattavien kirjojen pinoa. Ei kukaan voinut lainata enempää kirjoja kuin mitä jaksoi kantaa.

Sinikantisen satukirjan maailma oli kaunein, mitä tyttö ikinä pystyi kuvittelemaan. Marraskuisena iltapäivänä, kun auringonvaloa ei juuri näkynyt ja päivä oli vaipumassa kohti iltaa, tytön äiti avasi kirjan ensimmäisen sivun ja aloitti lukemaan. Tarina alkoi sanoilla "Nyt kiidämme tuulen siivillä tuhannen ja yhden yön maahan… "Heti ensi sanoista lähtien tyttö todella tunsi kiitävänsä kaukaiseen Persiaan ja elävänsä tarinaa koko pienellä sydämellään. Tarina kertoi Persian shaahista ja tämän kauniista kultakutrisesta tyttärestä, prinsessasta. Tyttökin olisi halunnut olla prinsessa. Hän ihaili kirjan sivuilla olevaa kuvaa pitkähiuksisesta prinsessasta. Prinsessan pitkät, vaaleat kutrit ulottuivat aina pitkälle alaselkään asti ja tyttö toivoi, että jonain päivänä hänelläkin olisi yhtä pitkät ja lumoavan kauniit hiukset. Prinsessan elämäkin tuntui niin kiehtovalta. Elämä kaukana Persiassa oli täysin toisenlaista kuin kylmässä Pohjolassa. Hassua kyllä, satukirjan tarinassa seikkailtiin myös Pohjolassa, Lapissa. Myös Lapin maa alkoi kiehtoa tyttöä, mutta hän ei halunnut ikinä kokea prinsessan kohtaloa. Paha Lapin noita taikoi prinsessan kanervaksi Lapin tuntureille, ja ellei prinssi ehtisi saapua ajoissa, kaunis kultakutri jäisi kanervaksi ikiajoiksi.

Mutta prinssi ehti tulla. Prinssi lausui maagiset taikasanat ja kanerva muuttui jälleen prinsessaksi. He saivat toisensa tiikereistä, verenvuodatuksesta, kidnappauksesta ja pahasta Lapin noidasta huolimatta. Oikeassa elämässä kaikki ei aina menisi yhtä hyvin. Sen tyttö saisi tulla huomaamaan, mutta vasta kaukana tulevaisuudessa, kun hän olisi varttunut isommaksi ja kadottanut sadun taikapiirin. Eräänä päivänä kukaan ei enää lukisi hänelle satua kultakutrista. Kirjakin olisi kadonnut kirjaston valikoimasta ja laitettu poistomyyntiin. Tytöstäkään ei ollut tullut oikeaa prinsessaa, kaikista toiveistaan huolimatta.

Vuosien päästä tytöstä oli varttunut kaunis nuori nainen, mutta hän piti itseään yhä tyttönä. Aikuiseksi kasvaminen tuntui pelottavalta, eikä tyttö halunnut koskaan kadottaa lapsenmieltään. Ironista kyllä, hän oli monesti saanut kuulla itseään kutsuttavan prinsessaksi, eikä aina hyvässä mielessä. Mutta kuinka prinsessasanalla voisi olla negatiivinen merkitys? Tytön mielestä ei mitenkään. Prinsessa kaikui hänen korvissaan pelkästään positiivisena sanana, käytti sitä sitten kuka tahansa.

Esimerkiksi muuan mies, jota tyttö oli pitkään luullut omaksi prinssikseen. Todellisuus oli paljastunut kuitenkin toiseksi: todellisia prinssejä harvoin kohtaa elämässään. Oliko prinssejä lopulta edes olemassa? Ei ainakaan sellaisia lapsuuden sadun kaltaisia prinssejä, jotka ratsastivat hevosellaan aina maailman ääriin asti pelastamaan pulaan joutunutta prinsessaansa. Sellaisia, jotka raivaisivat kaikki esteet tieltään, olivat ne sitten kuinka pelottavia ja vaarallisia tahansa. Ei, sellaisia prinssejä ei ollut enää olemassakaan. Niitä oli vain saduissa, eikä saduista saanut todellisuutta, vaikka kuinka yritti.

Vuodet olivat osoittaneet tytölle, ettei elämä ollut helppoa. Tosielämän haasteet eivät liittyneet raateleviin tiikereihin tai ilkeisiin noitiin, mutta tuntuivat välillä sitäkin mielettömämmiltä. Joinakin aamuina tyttö heräsi ja tajusi, ettei hänellä ollut mitään syytä jatkaa. Lapsuuden sadut ja niiden taika olivat haihtuneet ja vaihtuneet aikuisuuden arkeen ja mieltä jäytäviin ongelmiin.

Tyttö tiesi, ettei vain voisi maata sängyssään ja itkeä. Ongelmat vain kasvaisivat ja kasvaisivat ja saisivat lopulta tajuttoman suuret mittasuhteet hänen herkässä mielessään.

Milloin hän oli viimeksi löytänyt yhtä hyvän kirjan, kuin lapsuudessa? Milloin hän oli viimeksi tarttunut kirjaan, josta ei voinut päästää irti ennen aamuyön tunteja, ennen kuin viimeinenkin sana oli luettu? Milloin hän oli viimeksi edes nuuhkinut kirjojen lumoavaa tuoksua? Siitä oli hävyttömän pitkä aika! Hän tiesi, että lukeminen avasi tien maailmoihin, joihin ongelmat eivät häntä seuranneet. Hyvän kirjan avaama maailma oli alue, jonne minkäänlaiset murheet eivät löytäneet tietään, vaikka kuinka yrittivät. Myös kirjasto oli paikka, joka rauhoitti. Ovien sisäpuolella vallitsi uskomaton rauha ja hiljaisuus. Sisällä kirjastossa oli keskityttävä mielenkiintoisten kirjojen etsimiseen ja tutkiskeluun. Ei siellä ollut sijaa turhille huolille. Sama aarreaitta oli yhä olemassa, vaikkei hän lapsi enää ollutkaan ja vaikka satukirjat eivät enää olleet niitä, jotka puhuttelivat häntä eniten. Nyt ne olivat vallan muita teoksia.

Tyttö astui kirjastoon sisään ja etsiskeli mielenkiintoisia osastoja ja luokkia. Myös jotkut hyllyissä esillä olleet kirjat kiinnittivät hänen mielenkiintonsa. Väsynein käsin tyttö tarttui filosofiseen ja pohdiskelevaan kirjallisuuteen. Löytyisikö viisasten ihmisten pohdinnoista apua hänen omaan ahdistukseensa ja vaikean elämäntilanteen aiheuttamaan paniikkiin? Myös elämäkerrat olivat aina kiehtoneet tyttöä. Kauneimman ja upeimmankin tähden julkisivu johti usein harhaan. Korealta näyttävän kulissin takana olikin usein paljon epätoivoa, tyytymättömyyttä, rakkauden kaipuuta ja yksinäisyyttä. Ei elämä kenellekään helppoa ollut, vaikka siltä ehkä vaikutti.

Tyttö silmäili pitkiä kirjarivistöjä ja etsi jotain, joka kolahtaisi. Ei hän oikein itsekään tiennyt, mitä etsi. Nimi ei kertonut kaikkea, eikä kirjaa pitänyt kannen tai tekijänkään perusteella arvostella. Edes takakannen teksti ei aina tempaissut mukaansa, eikä senkään perusteella pitänyt päätöstä tehdä.

Sitten hän löysi etsimänsä.

Kirja ei näyttänyt ulkoa päin kovin mielenkiintoiselta, mutta se sopi käteen loistavasti. Tyttö silmäili takakannen tekstin ja etsi sopivan istumapaikan, jossa voisi lukea otteita kirjasta sieltä täältä. Salin uskomaton rauha kuin imaisi hänet mukaansa ja ajantaju katosi. Ei hänellä tosin ollut kiire minnekään. Vanha sohva oli sopivan pehmeä. Juuri sellainen, jossa voisi istua tuntikausia lukemassa. Hän avasi kirjan ja tarkasteli sisällysluetteloa. Jokainen kappale vaikutti erittäin mielenkiintoiselta ja tyttö arveli, että kirjasta todella olisi apua hänen ongelmiinsa. Uutta näkökulmaa, sillä sitähän hän etsi. Ajatukset olivat juuttuneet paikoilleen, eikä niin voinut jatkua. Tyttö luki kirjasta muutaman sivun ja oli täysin vakuuttunut siitä, että tämä kirja kannattaisi lainata. Niin hän tekikin.

Tummanpuhuvana syysiltana kotona hän alkoi lukea lainaamaansa kirjaa. Ei mennyt kauan, kun hän itki ja luki. Sivu toisensa jälkeen kääntyi ja kyyneleet putoilivat hänen syliinsä. Kuinka joku saattoi kirjoittaa elämästä ja elämän vastoinkäymisistä niin viisaasti? Tyttö oli lähes hengästynyt siitä viisauden määrästä ja siitä, että allekirjoitti lähes jokaisen lauseen. Samalla hän harmitteli sitä, että kirjan kirjoittaja oli kuollut. Niin viisaan ihmisen kanssa hän olisi ehdottomasti halunnut päästä keskustelemaan. Tai lähettää edes kiitoskirjeen. Rakas kirjailija, sinä annoit alkusysäyksen paranemiselle. Sinä annoit ajattelemisen aihetta. Sinä puit kirjassasi sanoiksi kaiken sen, mille minä en ole tuskissani osannut löytää muotoa.

Samalla tyttö muisti jotain kaukaa lapsuudesta. Aivan kuin siitä olisi kulunut sata vuotta, aivan kuin se aika olisi ollut jonkun muun elämää. Mutta se oli hänen elämäänsä. Hän muisti sen marraskuisen myöhäisen iltapäivän ja hänen korvissaan kaikui äidin ääni. Tuhannen ja yhden yön satu. Sadun taikapiiri. Tyttö oivalsi, että jonkinlaisen taikapiirin pystyi yhä saavuttamaan. Vaikka se tapahtuikin kyynelten ja tuskan kautta.

Tyttö palasi kirjastoon taas seuraavalla viikolla. Ja myös sitä seuraavalla viikolla. Lopulta hän teki siitä rutiinin itselleen. Muutamana iltapäivänä tai iltana viikossa. Aina ei tarvinnut löytyä sopivaa lainattavaa. Kirjoja saattoi vain silmäillä tai katsella kauniita kuvia. Lehtisali oli pullollaan lukemista ja sielläkin ajan kulun unohti tyystin. Välillä tytön silmät kostuivat liikuttavista lehtijutuista, tai sellaisista, jotka koskivat hänen omaa tilannettaan. Kyyneleet puskivat väkisinkin silmiin, eikä hän halunnut kenenkään näkevän sitä. Välillä hän taas tunsi, että kaikki on niin kuin ennenkin. Yleensä tunne tuli silloin, kun hän luki jonkin viisaan lauseen, viisaan mietteen ja ajatteli: "juuri näinhän se on."

Kuukaudet kulkivat eteenpäin ja eräänä päivänä tyttö huomasi, että ahdistus oli poissa. Musta syksy oli jäänyt taa ja edessä kimalsi kristallin hohtoinen ja puhtaanvalkoinen talvi. Se oli hänen siihenastisen elämänsä kaunein talvi.

Kirkkaana pakkaspäivänä tyttö saapui taas kirjastoon ja tunsi lämmön. Hän astui toisen kerroksen saliin ja silmäili lävitse samat hyllyt kuin jokaisella kerralla kirjastossa ollessaan. Tuttu teos oli hyllyssä omalla paikallaan. Tyttö hymyili lempeästi ja tarttui teokseen. Hän avasi kirjan sattumanvaraisesti ja häneen silmiinsä osuivat viisaan miehen sanat: "Armo tarkoittaa lupaa olla olemassa. Minut on tahdottu ja tarkoitettu olemaan se minä, joka olen."

PETRI KETO

Syvä rakkaus

"Hei, olisiko sinulla aikaa auttaa minua?" kuului hiljainen naisen ääni kirjahyllyn takaa.

Kumarruin hieman. Näin kirjarivistöjen lomasta hyllyn toisella puolella tuikkivat hätkähdyttävän kauniit silmät.

"Anteeksi, kun pelästytin sinut", nainen jatkoi varovasti hymyillen.

"Ei mitään, odota hetki, tulen sinne puolelle", sanoin.

Olimme kirjaston neljännen, ylimmän, kerroksen taimmaisessa, rauhallisimmassa kolkassa. Kiersin kymmenen metriä pitkän hyllyn. Siinä hän seisoi kaikessa kauneudessaan. Hidastin askeleitani. Hymyilin epävarmasti.

Epävarmuuteni kumpusi yksinäisestä ja ihmisarasta elämäntyylistäni. Olin elänyt jo pitkään yksikseni. Minusta oli kehittynyt aikamoinen erakko. Olin kaksikymmentäviisivuotias ja käytin kaiken aikani lukemiseen. Kirjastosta oli tullut toinen olohuoneeni. Minulla oli aikaa, koska en käynyt työssä enkä opiskellut. Vanhempani ja ainoa veljeni olivat kuolleet traagisessa auto-onnettomuudessa, josta vain minä olin selvinnyt. Tuo päivä oli ollut viidestoista syntymäpäiväni, mutta siitä tuli minulle kuoleman merkitsemä muistopäivä. Olin elellyt omillani sen jälkeen, ostanut pienen ja rapistuneen tunnelmallisen ullakkoyksiön ja sijoittanut loput perintörahat järkevästi. Sijoitustuotot riittivät vaatimattomaan, mutta turvattuun poikamieselämään. Ajan patina näkyi remontin tarpeessa olevan asuntoni jokaisessa kuluneessa yksityiskohdassa. Yksiöni sijaitsi art deco -tyylisen kirjastorakennuksen naapuritalossa. Kotini ainoa ikkuna oli kirjaston suurinta, yläosastaan vihreänsinisin, kubistisin lasimaalauksin koristeltua kaari-ikkunaa vastapäätä, kadun toisella puolella. Vietin usein iltoja istuen ikkunani ääressä. Luin, join teetä tai punaviiniä ja katselin kirjaston kahden ylimmän kerroksen leveillä räystäillä nuokkuvia puluja. Joukon ainoa punertava, muista aina hieman erillään nököttävä lintu oli tullut minulle läheiseksi, vaikka se ei sitä tiennytkään. Ystäviä minulla ei oikeastaan ollut. Olin erkaantunut kouluajan ystävistäni, tai he minusta, koska olin paennut omaan erakkomaiseen elämäntapaani. Silloiset kaverini olivat edenneet jatko-opiskeluihin tai työelämään.

"Ajattelin, että saattaisit tietää, onko uskontotieteiden hylly täälläpäin. Taidan olla hieman eksyksissä. Kysyin jo asiaa kirjastonhoitajalta ja hän neuvoi minut tänne. Mutta en taida löytää etsimääni ilman lisäapua."

"Taidat olla oikeilla jäljillä. Odotas, muistaakseni uskontotieteet löytyvät kaksi hyllyä tuonne päin", osoitin sormellani vasemmalle.

Olin lainannut kyseisestä hyllystä filosofista kirjallisuutta vuosia aikaisemmin, muutama viikko sen jälkeen kun olin menettänyt perheeni. Olin tuolloin lainaamaisillani myös Raamatun, mutta en tehnyt sitä.

"Kiitos", nainen sanoi hymyillen.

Hän oli kymmenisen vuotta minua vanhempi. Hänen mantelinmuotoiset silmänsä sädehtivät samaan aikaan vihreinä ja ruskeina. Lisäksi niissä väikkyi muitakin värisävyjä. Tunsin punan nousevan poskilleni. Minun oli käännettävä katseeni pois hänen silmistään. Taisin tahtomattani antaa pälyilevän vaikutelman.

"Voin tulla mukaan", sanoin.

Astelimme yhdessä kirjahyllyjen lomassa. Samassa kaiuttimista tuli kuulutus "olemme sulkeneet tältä päivältä".

"En ollut huomannut, että kello on jo kahdeksan", sanoin.

"Niin, en minäkään. Aika kuluu täällä aina siivillä", nainen vastasi.

"Tässä se hylly on."

"Hieno juttu. En taida enää nyt ehtiä etsiä hakemiani kirjoja. Ja lainaushan ei enää tältä illalta onnistu. Mutta nyt tiedän hyllyn. Sieltä saatan löytää etsimäni kirjallisuutta, jossa käsitellään enkeleiden roolia kristinuskossa. Tulen huomenna hyvissä ajoin. Kiitos vielä kerran sinulle."

Uskaltauduin katsomaan naista tarkemmin. Oli syksy ja hänen villahameensa, neulepuseronsa ja nahkasaappaansa hehkuivat tuon kauneimman vuodenajan ruskaisissa väreissä. Nainen oli hoikka ja eteerinen. Hänen viehättävyytensä muodosti auran, joka imi minua taikapiiriinsä. Halusin nähdä naisen uudestaan. En kuitenkaan ollut saada sanaa suustani.

"Ei mitään. Oli kivaa saada auttaa", sain lopulta kakaistua.

Kävelimme portaat alas rinnatusten. Yritin keksiä jotain nokkelaa sanottavaa.

"Käytkö usein täällä? Tämä on hieno paikka. Rauhallinen ja viihtyisä. Jos rakastaa kirjoja, niin ei voi olla rakastamatta tätä paikkaa", päästin suustani kömpelösti.

"Käyn täällä varmasti vähintään yhtä usein kuin sinä", nainen vastasi vilkaisten minua tutkimaton hymy kasvoillaan. Häilähtikö naisen olemuksessa melankoliaa vai kuvittelinko vain?

Mietin naisen sanoja. Kävin itse kirjastossa lähes päivittäin. Miten hän voisi käydä siellä minua useammin? Oliko hän nähnyt minut siellä? Miksi minä en ollut nähnyt aikaisemmin häntä?

Avasin hänelle kirjaston raskaan puisen ja takoraudoitetun ulko-oven. Astuimme syksyn pimeyteen ja koleuteen.

Nainen kääntyi puoleeni. Ilmassa leijuva oranssinkeltainen koivunlehti tarttui hänen punaruskeisiin hiuksiinsa. Minun teki mieli poimia se varovasti.

"Ehkä näemme vielä", hän sanoi.

Tunsin sisälläni lämmön lehahduksen. Jo pitkään kohmeessa ollut sieluni oli syttynyt.

Hetken kuluttua nainen oli kadonnut kulman taakse. Jäin seisomaan paikoilleni hölmistyneenä, mahdollisesti jopa suu auki. En tiedä montako minuuttia kului ennen kuin onnistuin ravistautumaan takaisin tähän maailmaan. Kävelin sivuilleni vilkaisematta kadun yli, avasin kotitaloni ulko-oven ja astuin rappukäytävän hämärään.

En tullut sytyttäneeksi rappukäytävän valoja. Kivuttuani nel-
jänteen kerrokseen pysähdyin hetkeksi hengähtämään, en rasi-
tuksesta vaan mielenkuohua tasatakseni. Vasta silloin tajusin,
etten ollut muistanut hengittää kunnolla. Laitoin valot rappuun,
jotta näin avata oven. Sisään päästyäni heitin päällysvaatteet
naulakkoon. Menin istumaan leveälle ikkunalaudalle. Katselin
kirjastoa. Unelmoin.

Valot sammuivat neljännestä kerroksesta, sitten kolmannesta,
toisesta ja ensimmäisestä. Hetken kuluttua neljä kirjastonhoi-
tajaa astui rakennuksesta. He hajaantuivat kukin suuntaansa
viehättävän ja myös huvittavan symmetrisesti muodostaen ih-
misviuhkan, joka hetken kuluttua oli kadonnut. Nostin katseen
takaisin vaakatasoon. Kirjaston neljännessä kerroksessa ei ollut
edes yövaloja. Alemmat kerrokset olivat himmeästi, vain orans-
sein yövaloin, valaistuja. Valojen värisävyssä ja olemuksessa oli
jotain samaa kuin tapaamassani ihanassa naisessa. Päätin päi-
vystää kirjastossa, sen neljännessä kerroksessa, koko seuraavan
päivän.

Tunnin kuluttua nousin ikkunalaudalta. Yritin lukea yöpöydäl-
läni odottavaa kauhunovellikokoelmaa. En pystynyt keskitty-
mään. Odotin huomista. Yöstä tulisi pitkä.

En saanut unta. Kävin aika ajoin juomassa vettä ja syömässä
muutaman suolakeksin. Välillä nousin sängyssäni istumaan ja
katselin ikkunasta ulos. Kirjaston ikkunat olivat pimeät. Lopulta
uni tuli. Lensin sysipimeällä taivaalla ja etsin jotain. Korkeuksissa
leimahteli jotain oranssia, punaruskeaa ja keltaista. Yritin lentää
sitä kohti. Ne olivat hiukset. Mutta vaikka lensin yhä korkeam-
malle, ne pakenivat minua.

Heräsin säpsähtäen. En ollut laittanut herätyskelloa soimaan.
En yleensä laittanut aamuherätystä, eihän minulla ollut tavalli-
sina päivinä mihinkään kiire. Mutta nyt ei ollut tavallinen päivä.
Tällä kertaa kellolle olisi ollut käyttöä. Se oli jo viisi minuuttia
vaille kymmenen. Kirjasto avattaisiin viiden minuutin kuluttua.
Pukeuduin kiireesti. Kulautin puolen litran mansikkajogurtin

suoraan purkista. Kuittasin muut aamutoimet minuutissa. Olin kirjaston edessä juuri kun ovet avattiin.

Kiiruhdin leveitä portaita. Kolmannen kerroksen jälkeen harpoin kolme askelta kerrallaan, kun siihen asti olin pidättäytynyt kahden askelman tekniikassa. Kävelin uskontotieteiden hyllylle. Nainen ei ollut paikalla. Kiertelin hyllyjen välissä. Olin aamun ensimmäinen ja toistaiseksi ainoa asiakas.

Aloin sormeilla sotahistorian kirjoja. En ollut aikaisemmin selaillut niitä, saati lukenut. Nyt kuitenkin silmäilin noita kirjoja, koska näin niiden lomasta siihen paikkaan, mihin minun piti nähdä. Seisoin viereisellä käytävällä kuin eilen. En kehdannut olla passissa tismalleen samassa paikassa. Se olisi ollut liian läpinäkyvää, mutta niin taisi olla tämäkin.

Poimin käsiini kirjan kerrallaan, mutta katseeni oli muualla. Minun oli oltava tarkkaavainen. Jos nainen tulisi, niin en saisi kadottaa häntä. Samassa kuulin keveiden askelten kopinaa, jossa olin tunnistavinani ainutlaatuisen sävelen. Pudotin vahingossa lattialle toisesta maailmansodasta kertovan järkälemäisen teoksen. Jykevän kumahduksen ääni soi hiljaisilla käytävillä kunnes vetäytyi kokonaan pääni sisään ja jäi sinne huomaamattoman matalaksi taustaääneksi, kuin bassotaajuudella soivaksi tinnitukseksi. Kirja jäi auki kohdasta, jossa oli valokuva juoksuhaudasta ruumiineen. Nostin ja suljin kirjan nopeasti. Tajuntaani ehti piirtyä kuolleen sotilaan taivaaseen tuijottava näkemätön, tyyni katse. Mies oli vapaa. Kärsimykset olivat hänen osaltaan ohi.

Askeleita ei enää kuulunut. Laitoin kirjan varovasti hyllyyn. Kirjarivin lomasta erottui liikettä. Nainen seisoi hyllyn toisella puolella, uskontotieteiden kirjojen kohdalla. En nähnyt tästä suunnasta hänen kasvojaan. Päätin kiertää hyllyn. En tiedä miksi yritin kävellä hiljaa. En sittenkään ollut valmistautunut tähän kohtaamiseen. Minulla ei ollut valmista keskustelunavausta. Mieleni oli sekä täynnä odotusta että tyhjä taulu.

Heti kun näin naisen profiilin tiesin, että se ei ollut hän.

Päivystin kirjastossa seuraavan kolmen kuukauden ajan joka

päivä aamusta iltaan. En enää nähnyt naista. Hän ei tullut. Oliko hän luvannut tulla? Muistikuvani mukaan oli, mutta en ollut enää varma. Nainen alkoi muuttua kuvitelmissani aaveeksi.

Eräänä iltana, juuri ennen sulkemisaikaa, olin lopettelemassa kirjaston neljännen kerroksen päivystysvuoroani, kun katseeni eksyi ikkunasta ulos kadun vastapuolelle, asuntoni ikkunaan. Olin jättänyt asunnon pimeäksi, mutta nyt siellä oli valot. Himmeän oranssit ikkunalamput oli sytytetty. Niiden taustalta erotin hidasta liikettä. Asunnossani oli joku. Tuo joku lähestyi ikkunaa.

Nainen liukui varjosta aivan ikkunan äärelle. Hän hymyili minulle jopa kauniimpana kuin muistin hänen olevan. Hän katsoi minua silmiin. Tunsin syvän yhteyden.

Nyt huomasin, että hän oli avannut huoneeni ikkunan. Hän viittoi minulle kädellä. Tule. Tule luokseni. Avasin kirjaston ikkunan. Nousin ikkunalaudalle seisomaan myötäillen hänen toimiaan.

Hyppäsimme samaan aikaan. Tällä kertaa hän ei paennut minua.

Satu Mattila-Laine

Herra Ykkönen

Missä kaikki naiset olivat? Kyläkaupan terassilla istui lippalakki-päisiä isäntiä pienissä ryhmissä. Oli myös toisia, tyhjempiä pöytiä, joiden ääressä istui yksinäinen kylänmies. Mutta naisia – ei mis-sään. Leikin ajatuksella, että emännät lukivat keittiössä rakkaus-romaania, kun odottelivat pullataikinan nousemista. Tai lukivat viltin alla dekkaria lypsyn jälkeen, kevätsateen ensimmäisten pisaroiden osuessa ikkunaan. Kirjastotädin toiveuni.

Olin ajanut kiemurtelevaa kylätietä jo viisitoista kilometriä kir-konkylältä tänne jonnekin. Alamäki kouraisi vatsanpohjaa ja toi mieleen huvipuiston Tukkijoen. Tiina oli kertonut, että hänelle oli joskus tullut matkalla niin huono olo, että oli pysäyttänyt auton ja oksentanut tienvieren pusikkoon. Pahoinvointi oli hellittänyt ja hän oli päässyt avaamaan lainausaseman – niin kuin aina joka toinen torstai kello kuusi.

Asfaltti kapeni pölyiseksi hiekkatieksi. Toivottavasti löytäisin lainausaseman pian. Kello olisi aivan kohta kuusi. Käännyin ohjeiden mukaisesti oikealle soratielle. Tuon sen täytyi olla, tien päässä näkyi keltainen iso puutalo. Se oli vanha koulu, jolle oli joitakin vuosia sitten koittanut viimeinen kevätjuhla. Entisellä alakoululla toimi enää sählyjoukkue, kansanopiston poppanaryhmä ja lainausasema, kylän viimeinen kunnallinen palvelu.

Naapuritontin pystykorva oli huomannut minut ja haukkui ter-vehdykseksi. Aurinko paistoi, taivas oli sininen, lainausaseman ison pihan takana jatkui vihreänä mäntymetsä. Pihalla kasvoi valkoisia syreenipuita, joiden kukat eivät olleet aivan vielä auen-neet. Vain muutama lämmin päivä, vähän sadetta, niin syreenit kukkisivat ja pihalla olisi huumaavan ihana tuoksu.

Vanhat kiviportaat veivät sisälle hämärään ja viileään. Sisällä

tuoksui kylmältä kesämökin saunalta. Sama märän, viileän ja sei-
soneen ilman haju. Purin pääkirjastolta tuomieni kirjalaatikoiden
uutuuskirjat näytehyllylle. Romanttista viihdettä, dekkareita, jän-
nitystä, elämäkertoja ja muutama fantasiakirja. Kirjoituspöydän
laatikoista löytyivät asiakaskortit ja tilastokirja.

Tilastokirjan paperi oli kellertävää ja karheaa, se oli kuin van-
han ja viisaan, paljon lukeneen ihmisen ihoa. Vuoden 1952 vä-
listä tippui kuivunut orvokki. Pyörittelin orvokkia hellävaroin
sormieni päissä ja luin säntillistä käsialaa. "Tänään 3.4.1952, 8
kävijää (5 aikuista, 2 lasta, 1 teini), 35 lainaa (25 romaania, 10
tietokirjaa)."

Selasin kirjan loppuun, lainausaseman edelliseen aukiolopäi-
vään. Tiina oli huolellisesti kirjoittanut viime kerran lainaaja- ja
lainausluvut ylös. Minun merkintäni tulisivat tähän jatkoksi niin
kauan kuin tekisin äitiysloman sijaisuutta. Rikkoisiko pysty, itse-
päinen käsialani tilastokirjan harmonian? Suljin kirjan ja laitoin
sen toiseksi alimmaiseen laatikkoon, jossa se asui sinivalkoisen
itsenäisyyspäiväkynttilän kanssa. Lainausasemalla saattoi siis
vaikka juhlia.

Kello oli jo viisitoista vaille seitsemän, eikä yhtään asiakasta.
Oliko toukokuun yllättävä hellepäivä karkottanut kaikki ihmi-
set? Pihan lämpö houkutteli minut portaille. Ulkona ei näkynyt
ketään. Ainoastaan naapurin pystykorva tapitti minua suoraan
silmiin. Oli hiljaista, vain tuuli humisi korkeiden koivujen lat-
voissa. Istuin portaille. Ehkä joku tulisi, kun oikein odottaisin ja
tekisi minusta taas sen, mitä olin: kirjastotädin.

Hiekkatieltä kuului mopon rämisevää putputusta. Pystykorva
ryhtyi äänen kanssa kilpasille ja haukkui kuin viimeistä päivää.
Näin punavalkoisen pappamopon lähestyvän lainausasemaa.
Mopon yhdessä sarvessa pullisteli täysinäinen muovikassi, toi-
sessa vaaleanruskea asiakirjasalkku, jonka kädensija oli korjattu
maalarinteipillä.

Mies ajoi lainausaseman portaiden eteen. Mainoslippis, t-paita
ja farkut: hän näytti samanlaiselta kuin miehet kyläkaupan teras-

silla. Mutta en tiennyt olisinko sijoittanut hänet seurallisten vai yksinäisten pöytään.

– Erinomaisen kaunista Luojan päivää, mies sanoi.

– Päivää.

Mies kallisti mopon tukijalalle, otti muutaman hakevan askeleen, mutta suuntasi sitten ripeästi kiviportaita pitkin lainausasemalle. Seurasin miestä ja siirryimme kirjojen hämärään. Mies avasi muovikassinsa. Tiskille tai oikeastaan kirjoituspöydälle levisi suolaista merivettä, Alaskan jäätä, koiravaljakko, kaktuksia ja intiaaneja. Eli Alistair MacLeanin, Jack Londonin ja J. Fenimore Cooperin romaaneja. Etsin Cooperin *Viimeisestä mohikaanista* lainauslipuketta.

– Minä olen ykkönen.

– Mitä? Kuka?

– Ykkönen, mies sanoi ja tökkäsi peukalolla rintaansa.

Löysin lainauslipukkeen. Huh, jo selvisi. Mies oli lainausaseman asiakasrekisterissä numero ykkönen, palautettu kirja numero 275. Vedin paperilta vauhdilla yli palautettujen kirjojen numeroita.

– Tässä tippuu tietoa, herra Ykkönen sanoi.

Mies avasi kuluneen nahkasalkun ja palautti perunanviljelyä, kompostointia ja kunnan historiaa käsitteleviä kirjoja. Viereen ilmestyi korkea palautuskasa myös Venäjän historiaa. Näin salkusta pilkottavan pullon Koskenkorvaa. Ykkönen kiskaisi ripeästi salkun pois pöydältä.

– Seuraavaksi voisin tutkia vaikka Kiinaa, kaikki mitä löytyy.

Hain kirjoituspöydän laatikoista paperia, tuoli vinkaisi allani, kun innokkaasti päätin ryhtyä haastattelemaan asiakasta. Nyt pääsisin tositoimiin. Mitä herra Ykkönen todella tarvitsi?

Ykkönen seisoi romaanihyllyn edessä, C-kirjaimen kohdalla. Arvelin miehen etsivän jotain Cooperin kirjaa, ehkä *Ruohoaavikkoa*. Toivottavasti kirja löytyisi. Voisin kysyä Ykköseltä tarkempia tietoja hänen Kiina-tiedon tarpeestaan, kun hän tulisi lainaamaan. Tai kysyisinkö sittenkään? Ehkä hän todella tarkoitti:

kaikki mitä löytyy. Tarvittiinko tässä psykologista silmää, joka Tiinan mukaan oli lainausasemalla eduksi?

Ulko-ovi aukesi, portaista kuului askelia, yhdet askeleet. Mies oli pitkä ja hoikka, harmaa parta peitti leukaa. Mies tervehti ja esitteli itsensä koulun entiseksi opettajaksi, joka oli aikaisemmin hoitanut lainausasemaa.

Katsoin miestä, kasvoja, arvioin ikää. Mikä tilastokirjan käsialoista voisi olla opettajan? Millaista tekstiä nuo pitkät sormet olivat kirjoittaneet? Merkinnät löytyisivät 70-, 80- tai ehkä vielä 90-luvultakin. Opettajan edessä tunsin oloni koululaiseksi. Pitäisikö minun niiata niksauttaa vai mitä voisin tehdä osoittakseni, että olin sovelias jatkamaan tämän lainausaseman hoitajana?

Herra Ykkönen lainasi salkullisen ja yhden muovikassillisen kirjoja. Hän sanoi vievänsä osan kirjoista isälleen.

– Kirjoja me luetaan ja haetaan välillä ruokaa kaupasta ja joskus jotain muutakin, Ykkönen sanoi. – Talvella ei muuta tehdäkään kuin luetaan. Välillä haen klapeja ja lämmitän uunin, että lämpö pysyy. Viime talvena kun oli paljon lunta ja pakkasta, ei tullut juuri käytyä kylällä. Menin järvelle, tein avannon ja sain paljon mateita. Sitä madekeittoa riitti viideksi päivää. Minä luin Huovisen *Hamstereita* ja isäukko *Lampaansyöjiä*. Hik.

Ykkönen lähti ilman *Ruohoaavikkoa*, mutta lupasin toimittaa kirjan lainausasemalle pääkirjastosta. Ikkunasta näin Ykkösen ajaa päristelevän pois pihalta ja kääntyvän hiekkatieltä koivujen vierustamalle kujalle.

Opettaja teki pitkän, hiljaisen kierroksen hyllyjen välissä. Hän laski pöydälle kaksi Tammen keltaisen kirjaston romaania.

– Laurista ei sitten kannata välittää, opettaja sanoi ja nyökkäsi päällään ovelle päin. – Tarkoitan, että kyllä tänne uskaltaa tulla. Kova se on lukemaan, vähän sellainen peräkammarin poika.

– Eiköhän tässä toimeen tulla.

Yritin hymyillä rohkaisevasti, näyttää huolettomalta. Opettaja nojasi kämmenillään pöytään.

– Mutta rajat pitää kanssa laittaa.

– Selvä, sanoin, vaikka asia ei ollutkaan selvä.

Opettajan katse kulki hyllyrivejä pitkin ja opettaja kertoi lainausaseman historiasta. Lainausasema oli ollut hänen aikanaan auki joka viikko, ahkeria kirjastonkäyttäjiä oli asunut joka talossa.

– Kuinkahan kauan ne aikovat vielä täällä lainausasemaa pitää? opettaja kysyi.

Mies kysyi sitä luultavasti enemmän itseltään kuin minulta, mutta vastasin, etten tiennyt.

Opettajan katse oli jäänyt elämäkertahyllyyn. Mies katsoi pitkään, aioin jo kysyä voisinko auttaa, kun opettaja tarttui hattuunsa, sanoi hyvin käyttäytyvän ihmisen tavoin hiukan jäykästi näkemiin ja lähti. Vedin tilastokirjaan toisen kävijäviivan.

Kello oli kahdeksan, suljin oven. Merkitsin tilastoon "16.5. - 2 asiakasta (aikuisia), lainauksia 22 (15 romaania, 7 tietokirjaa)". Merkintä näytti pieneltä, se ei kertonut mitään Ykkösen historianharrastuksesta ja madekeitosta tai opettajan kirjallisuusharrastuksesta. Numerot olivat numeroita, vaikka joku olisi kirjoittanut ne kauniimmalla käsialallakin.

Sinä vuonna lainausasemalla kävi myös mökkikunnan kesäasukkaita – naisia, miehiä, äitejä, lapsia ja mummoja – kulttuurilautakunnan jäsen, kunnan historiankirjoittaja, poppanapiirin vetäjä. Mutta mieleeni jäi erityisesti herra Ykkönen.

Herra Ykkönen lainasi, luki, palautti kirjat, lainasi lisää, kommentoi välillä lyhyesti lukemaansa kirjaa. Hän tuli aina joka toinen torstai, milloin puheliaana, milloin hiljaisena miehenä. Hän tuli pappamopolla, polkupyörällä, kävellen, kelkalla. Hän tuli, kun aurinko paistoi, vettä satoi, lunta tuprutti, kun taivas oli mitäänsanomattoman harmaa. Mutta silloinkin kirjat puhuivat. Herra Ykkönen piti erityisesti lännenkirjoista. Hän istuutui joskus jakkaralle kirjoituspöydän viereen ja kertoi lukeneensa preeriasta, jolle uudisraivaajat pystyttivät mökkejään. Oli kuivaa ja kuumaa, välillä pelättiin polttavaa aurinkoa, välillä myrskyä ja heinäsirkkaparvea. Leipä oli lujassa. Miten valkoinen nainen voisi tulla siellä toimeen ilman alkuasukasta? Ei mitenkään.

Eräänä torstaina herra Ykkönen tuli horsmakimpun kanssa lainausasemalle. Hän ojensi kukkaset, purppuranpunaisia terälehtiä varisi lattialle. Löysin tyhjän lasipurkin ja asettelin kukat kirjoituspöydän kulmalle. Herra Ykkönen kysyi mistä hän löytäisi vähän romantiikkaa. Minua hymyilytti, romantiikkaa oli niin monenlaista. Millaisesta romantiikasta herra Ykkönen piti? Mies ei osannut vastata, oli totinen. Silmäni kostuivat. Keräsin muutaman romantiikan klassikon ja uutta sinkkurakkautta Ykkösen salkkuun. Sen jälkeen hän halusi lainat joka kerta ainakin yhden rakkausromaanin.

– Hei!

Herra Ykkönen nyökkäsi vastaukseksi. Hän palautti kirjansa ilman puhetta ja käveli kirjahyllyjen väliin. Vilkaisin tiskille jäänyttä salkkua – tyhjä. Juuri tänään olisin toivonut häneltä hilpeyttä ja sukkeluuksia. Olisi ollut helpompaa kertoa ikävä uutinen. Mutta ehkä herra Ykkönen oli lukenut ilmoituksen ulko-ovesta. Tai jos lainausasemalle tulisi joku muu asiakas, voisin kertoa tälle asian ja herra Ykkönen kuulisi koko jutun siinä sivussa.

Ykkönen laski pöydälle kirjansa ja täytin asiakaskortin. Sormeni tuntuivat hikisiltä, löin palautuspäiviä leimasimella vinoon. Herra Ykkönen pakkasi kirjoja salkkuun tasaiseen tahtiin. Tiesikö hän? Yritin katsoa Ykköstä silmiin, mutta hän katsoi jonnekin olkapääni ohitse, ehkä seinällä olevaan ilmoitukseen. Olin teipannut sinnekin yhden. Pöydällä oli vielä yksi kirja. Childin *Viimeinen vieras*, hätkähdin. Kirja oli isona möhkäleenä käsieni välissä, leimasin palautuspäivän ja sujautin tiedotuslappusen kirjan väliin. Ykkönen kokosi muovikassinsa ja salkkunsa ja sanoi:

– Näkemiin ja kiitos.

Hän ei kuulostanut herra Ykköseltä, ääni oli heikko ja hauras.

– Kiitos, vastasin.

Katsoin salkun maalarinteipillä korjattua kädensijaa, kuinkahan kauan se vielä kestäisi.

Herra Ykkönen lähti. Istuin kauan hiljaa, ulkona oli pimeää ja kylmää. Pakasti. Pihalla naapurin pystykorvaa houkuteltiin sisälle. Kai minun pitäisi lähteä. Suljin lainausaseman ulko-oven, ilmoitus oli aivan kuurassa. Hieraisin sitä kädelläni. "Lainausasema suljetaan ensi kuussa toistaiseksi. Palautukset lainausaseman palautusluukkuun tai pääkirjastoon", ilmoituksessa luki. Kättä kylmäsi, nykäisin hihan punertavan kämmenen peitoksi.

UNA REINMAN

Kirjaston kahvila

– Osaan minä lukea, ihan totta äiti.

Mutta äiti nauroi ääneen ja alkoi rallattelemaan olohuoneen radiosta kantautuvan musiikin tahdissa ja poika jatkoi matkaansa keittiön pöydän ääreen. Äiti olikin jo laittanut jäähtymään Veikolle tuota veljesten herkkuruokaa kohtalaisen annoksen. Veli istui jo syömässä omaa annostaan keskittyneenä ruokaansa niin, ettei edes ollut huomannut pikkuveljen puuttumista.

– Äiti sanoi, että jälkiruoaksi on jäätelöä! Isoveli kuiskasi kuuluvasti ja nyökytteli innostuneesti Veikolle, joka pohti vielä tuuhean otsatukkansa alla sitä, miten saisi äidin uskomaan, että hän osasi oikeasti lukea.

Hetken pohdittuaan Veikko laskeutui tuolistaan ja haki olohuoneesta äidin eilen illalla pojille lukeman satukirjan Kultakutrista ja kolmesta karhusta. Hän vei totisena kirjan pöydälle ja kiipesi tuoliinsa. Ollessaan taas omalla paikallaan hän työnsi lautasensa sivuun ja avasi juhlallisesti kirjan kannen.

– Olipa kerran, hän aloitti ja vilkaisi veljeensä oliko tämä huomannut Veikon lukutaidot.

– Äiti tuu äkkiä tänne! Kiljaisi veli samassa. Äidin saavuttua keittiöön Veikko luki kiireesti satukirjaa eteenpäin ja veli kiljui äidille:

– Katso äiti! Veikko on ottanut satukirjan ruokapöytään, vaikka sä olet sanonut, ettei kirjoja saa tuoda ruokapöytään ettei ne likaannu!

– No Veikko. Mitäs ihmettä sinä teet? Laita se kirja heti pois ja syö nyt ruokasi ennen kuin se jäähtyy pilalle, äiti tokaisi ja ojensi kättään ottaakseen kirjan pojaltaan. Mutta Veikko piti kiinni kirjastaan tiukasti kaksin käsin, nosti päänsä ja tokaisi:

– Mutta minä luen tätä.

– Se vaan muistaa, mitä sä äiti olet lukenut, yritti isoveli taltuttaa pikkuveljen innon tunkien omaan suuhunsa lasagnea kovaa kyytiä se jälkiruoka mielessään. Veikko jatkoi veljen lausahduksesta huolimatta tyynen rauhallisesti lukemistaan ja äiti yritti jälleen napata kirjan häneltä.

– Veikko. Ihan oikeasti, kirjoja ei saa käsitellä noin. Se voi likaantua. Luetaan sitten illalla se taas tai sitten joku toinen kirja, jookos? Laitetaan se nyt pois.

– Ei kun mä luen, tokaisi Veikko sinnikkäästi ja jatkoi ääneen lukemistaan.

– Ei se lue oikeasti! Se muistaa ton kirjan! Veli yritti jälleen latistaa pikkuveljensä intoa ja poistui itse tuolistaan hakien eteisestä sanomalehden keittiön pöydälle.

– Katotaas! Lue vaikka tämä, isoveli osoitti lehden isoa uutisotsikkoa.

Pikkuveli nosti katseensa satukirjasta ja luki otsikon isoveljen ja äidin hämmästykseksi. Äiti veti pois kätensä, joka oli juuri ottamassa Kultakutria pois pojan sormista, koska hän tuli todella yllätetyksi Veikon lukutaidosta.

– No sä oot senkin kuullu, yrtti isoveli ja osoitti toista otsikkoa, jonka pikkuveli luki muitta mutkitta veljensä ja äitinsä suureksi hämmästykseksi. Äiti otti tuolin itselleen ja istahti hiljaa pöydän ääreen ja selasi sanomalehteä kunnes oli keskemmällä sivustoja ja osoitti hänkin puolestaan erästä urheilusivujen otsikkoa, jonka pieni nelivuotias luki ääneen hetkessä. Poika luki kaikki näkemänsä otsikot ja selasi lehteä sarjakuvasivustolle saakka, josta hän luki ääneen puhekuplat, ja sai vihdoin isoveljensä hihkumaan innoissaan.

– Äiti, äiti! Veikko osaa lukea! Veikko osaa lukea. Veikko osaa lukea, rallatteli isoveli ja alkoi marssia pöydän ympärillä ja pikkuveli luki edelleen kaiken näkemänsä ääneen, nyt jo innostuksen puna poskillaan.

– Miten ihmeessä sinä osaat lukea? äiti hämmästeli ja katseli pojan huulia tämän muodostaessa sanoja ja poika vilkaisi äitiään kehaisten:

– Mä opin lukemaan, kun Pete luki läksyjä.

Pikkuvanha nelivuotias jatkoi mainossivun otsikkojen lukemista ääneen ja Pete sinkoili jo juoksuaskelin ympäri pöytää ja kiljui innoissaan:

– Veikko osaa lukea! Veikko osaa lukea!

– Olepas Pete nyt, äiti aloitti ja otti kiinni vilistävän kahdeksanvuotiaan esikoisensa, jolle lukemaan opettelu oli ollut työn ja tuskan takana, ja tässä nyt pikkuveli luki täyttä häkää televisio-ohjelmia ja, herranen aika, jäähdytti ruokansa.

– Upeasti osaat lukea kultarakas, mutta voisitko jättää nyt hetkeksi lukemisen ja syödä ruokasi? Äiti pyyhkäisi Veikon otsatukan pois pojan harmaiden silmien edestä ja silitti pojan hiuksia. Poika nyökkäsi ja veti lautasensa lähemmäksi. Pete tuli mustasukkaisena nojaamaan äidin polveen ja kiskoi äidin käden silittämään omia hiuksiaan ja muistutti:

– Mut sä lupasit meille jäätelöä ja mä oon jo syöny.

Äiti naurahti ja meni ottamaan pakastimesta Ville Vallaton -jäätelöpuikon Petelle, joka istahti kiltisti omalle tuolilleen avaamaan aarrettaan paperistaan.

– Säätila tänään, yritti Veikko vielä syrjäsilmällä saada selvää äidin kauemmaksi siirtämästä lehdestä. – Hei rakas pieni mies! Nyt sinun pitää syödä ja sitten juhlitaan tätä jäätelöllä, kun lasagne on syöty, eikös vain?

– Joo. Jee! Jäätelöä! Mut enkö osannutkin lukea? poika kehaisi.

– Upeasti! äiti vakuutti ja saapui pojan luo pakastimesta hakemansa jäätelön kanssa, johon Veikko tarttui ja jätti heti siinä paikassa haarukkansa ja alkoi kuoria omaa jäätelöään esille.

Lukevasta nelivuotiaasta tuli pian sukunsa ihmepoika, joka laitettiin joka kyläreissuilla ja sukukokouksissa lukemaan kaikkea mahdollista. Pojasta povattiin tulevan jotakin suurta, vielä kun se aika koittaisi.

Koulussa Veikon aika oli pitkää ensimmäisellä luokalla, sillä muut eivät osanneet lukea ja erehtyivät kirjaimissakin niin monesti, että pojan mielestä se oli suorastaan turhauttavaa.

Veikko sai sentään erityisiä lisätehtäviä opettajalta, joka ymmärsi pojan haukotukset toisten sihistessä ja suhistessa kirjaimia itku silmissään, kun Veikolle se kaikki oli ollut jo usean vuoden niin tuttua. Poika oli lukenut jo kaikki satukirjansa, veljen läksykirjat ja lähikirjaston lastenosastokin oli hänelle tuttua tutumpi paikka. Poika luki kaiken mitä käsiinsä sai ja ahmi kirjaimia sieltä täältä, ja lukipa sujuvasti hiljaa mielessään televisio-ohjelmien tekstityksetkin.

Nyt hänen iltalukemisiaan olivat paksut tietosanakirjat, joita poika mahallaan sängyllään maaten lueskeli ja painoi sanoja mieleensä kuin sieni. Veikko nautti laulujen sanoituksista ja luki mielellään runoja ja maisteli ja mutusteli riimejä ja loppusointuja mielessään itsekseen hymyillen.

Kun oma kieli alkoi olla tuttua, poika löysi muut kielet ja ihaili vierasperäisten sanojen muotoja ja lausui niitä ääneen ja opetteli yhdessä Peten kanssa tämän englannin läksyjä ja ruotsin alkeita. Äiti opetti pojille muutamia sanoja ranskaa, joka kuulosti erityisen kauniilta kieleltä varsinkin Veikon korvissa. Pete puolestaan tykästyi matemaattisiin aineisiin ja kemiallisiin kaavoihin, ja niistä tuli hänelle miltei yhtä iso intohimo kuin sanat olivat pikku veljelle.

Pete ja Veikko olivat harvinaiset veljekset, koska eivät juuri koskaan tapelleet. Heidän nahistelunsa olivat lähinnä verbaalista kamppailua ja matemaattisten yhtälöiden ratkaisumalleja. Äiti osti heille molemmille viikonloppuisin lauantaikarkkien sijaan sudoku- ja ristisanakirjoja, joita pojat innolla täyttivät, Pete innostuen sudokuista ja Veikko ristisanoista. Pete piti myös tähtitieteestä ja tutki avaruutta ja sen arvoituksia myöhään yöhön huoneessaan katsellen kaukoputkellaan taivaalla tuikkivia tähtiä ja tähtisumuja, kun taas Veikko näppäili omassa huoneessaan rippilahjarahoillaan ostamaansa kitaraa.

Väkisinkin kävi niin, että veljesten kiinnostukset olivat erilaisia kuin muilla ikäisillään, eikä kummallakaan ollut mainittavasti ystäviä luokkakavereissaan. Mutta heillä oli toisensa. Heillä oli pieni perheensä. Heillä oli äiti, joka rakasti molempia ja kannusti heitä oppimaan lisää, lukemaan ja laskemaan ja tutkimaan, mitä kaikkea maailmassa oli opittavana.

Pete suoritti ensimmäisenä peruskoulunsa loppuun ja tietenkin jatkoi lukioon, jonka jälkeen meni armeijaan ja katosi aika ajoin siellä ollessaan pikku veljensä elämästä. Samalla Veikkokin itsenäistyi ja alkoi katsella lähiympäristöään uteliaammin. Hän istui pitkiä aikoja kirjaston kahvilassa ja katseli ihmisiä. Mietti, mitä he tekivät ammatikseen, mitä harrastivat, mitä iltapalaa äidit laittoivat iltaisin lapsilleen, jotka pyörivät heidän ympärillään kirjaston lastenkirjoja sylissään. Veikko pohti, kuinka vanha mies jaksoi kulkea joka päivä rollaattori apunaan lukemaan lehtiä ja keskittymään jokaiseen sivuun hartaana, kuin painaakseen mieleensä kaiken mitä antia lehdellä kunakin päivänä oli hänelle annettavana.

Veikko katseli armeijapukuisia nuoria miehiä ja mietti, onko armeijassa rankinta fyysinen rääkki vai sanojen vähyys. Siellä ei saanut itse puhua paitsi jos puhuteltiin. Käskyt annettiin lyhyesti ja määräävästi, eikä vaihtoehtoa käskyjen noudattamiselle ollut. Siellä ei tarvinnut käyttää omaa päätään ajatteluun. Siellä vain toteltiin annettuja sanoja.

Sanojen lausumisen tyyli oli Veikolle tärkeä. Hän soitteli iltaisin pitkien lukiopäivien ja työpäiviensä jälkeen kitaraansa ja sommitteli uusia sävelmiä ja niihin sanoituksia. Kirjoitti sonaatteja elämän onnellisuudesta ja luonnon ihmeistä. Ja jäi joskus pohdiskelemaan rakkautta. Se oli sanana niin salaperäinen. Mutta miltä se tuntui? Mitä oli rakkaus?

Äidille hän oli sanonut useinkin pikkupojasta asti rakastavansa tätä. Äiti antoi suukon Veikon poskelle ja sanoi Veikkoa omaksi rakkaakseen yhä vieläkin, vaikka Veikolla oli untuvainen lukiopartansa ja hänen äänensä oli muuttunut matalammaksi hänen ollessaan jo nuori mies. Samoin äiti suukotti isoveljen tämän lähtiessä viikonloppuvapailta takaisin armeijan vihreisiin vaatteisiin pukeutuneena. Toivotti hyvää junamatkaa ja seisoi Veikon kanssa usein ikkunassa vilkuttamassa veljelle. Äiti oli rakas. Velikin oli rakas. Muu suku asui kaukana, mutta heissäkin oli Veikolle rakkaita henkilöitä. Isoäiti ja isoisä, serkut, tädit ja sedät.

Mutta millaista oli rakastua? Sitä Veikko joskus pohti ääneenkin kirjaston kahvilan pöytää pyyhkimään ja ihmisten pöytiin unohtamia lehtiä pois viemään saapuneelle neitoselle, joka ei varmaan iältään ollut paljoakaan häntä vanhempi. Kesäapulaisena oli tullut toiselta paikkakunnalta asuen sukulaistensa luona koko kesäloman. Palaisi takaisin opiskelemaan syksyllä. Se tyttö hymyilikin. Toisin kuin tuo Sari, johon Veikko oli jotenkin ihmeellisesti varkain ja salaa ihastunut. Ainakin se sydämentykytys niin luultavasti tarkoitti.

Veikko kertoi kahvilan kesäapulaiselle sen pienen salaisuutensa, koska oli huomannut, ettei se tyttö nauranut hänen puheilleen ja ajatuksilleen. Ei hymähdellyt eikä paennut paikalta niin kuin joskus peruskoulun puolella ja vielä lukiossakin oli vaikkapa välitunnilla käynyt, kun Veikko yritti aloittaa pientä jutustelua tyttöjen kanssa.

Kesäapulainen nyökkäsi vain totisena. Silmissään tutkiva ilme. Apulainen otti Veikon setelin ja antoi loput rahoista takaisin, kun Veikko osti tavanomaisen teemukillisensa. Tyttö saapui usein Veikon luo, kun poika luki jotakin kirjaa pöytänsä ääressä vakiopaikakseen muodostuneessa ikkunapöydässään, josta poika näki, koska Sari tulisi ystävättärineen meluisasti hälisten ja kikattaen kirjastoon palauttamaan levyjään ja elokuviaan ja lainasi uusia, ainakin viikon välein.

– Sinä olet niin usein täällä, että voisin kysyä pomolta, olisiko sillä sinullekin jotakin töitä, tyttö sanoi kerran tullessaan taas pyyhkäisemään Veikon pöydän pintaa, vaikka siinä ei mitään pyyhkimistä ollutkaan.

– No jaa, sehän olisi mukavaa, mutta minulla kyllä on jo yksi kesätyöpaikka, Veikko sai vastattua ja soi pienen hymyn tytölle, joka hymyili takaisin ja vilkaisi kahvilan tiskille, jossa oli jo kaksi asiakasta odottelemassa, joten tytön täytyi taas mennä kassan taakse. Sieltä hän usein katseli Veikkoa, aina kun Veikko sattui kohdistamaan silmänsä kohti kassan vieressä seisovaa tyttöä. Useimmiten pojan katse kuitenkin etsi ihmisjoukosta Saria. Tuota rinnakkaisluokkalaista. Tuota kaunista ja ihanaa olentoa, jota ei ollut koskaan uskaltanut edes lukion ruokajonossa hipaista, vaikka usein oli antanut edestään paikan tytölle, joka puolestaan oli pian kutsunut kovaäänisesti muitakin tyttöjä siihen Veikon eteen seisomaan, jolloin poikaparka jäi kauemmaksi ihastuksestaan kikattavien tyttöjen luodessa punastelevaan poikaan virnuilevia katseita.

Mutta Veikolle riitti sekin pieni hetkinen, kun sai hengittää Sarin vaatteista lähtevää huuhteluaineen tuoksua. Se oli erilaista kuin Veikon äidin käyttämä. Sari tuoksui kukkaisniitylle.

Veikko ei malttanut keskittyä kirjaston kirjaan, vaan alkoi mielessään laatia uutta runoa Sarille. Kukkaistytölle. Nauravalle ja onnelliselle. Kevyelle kuin höyhenen hahtuva kesäisellä niityllä.

Samassa poika aisti uudenkin tuoksun. Kuin tuulen tuivertama valkopyykki. Taisi tulla kahvilan tytön vaatteista se. Siinä se meni taas ohitse. Katsoi Veikkoa hymyillen mennessään ja kohenteli pöytiä ja tuoleja paikoilleen uusia asiakkaita varten.

Tuoksu sekoitti Veikon runoeepoksen laadinnan juuri kun hän sai kaivettua povitaskustaan kynän ja housujen takataskusta pienen vihon, johon hän usein kirjoitti kauniita runosiaan tai uusia sanoja, joita maailma toi tullessaan. Tai kirjojen nimiä, jotka hän halusi lukea joskus. Tai listaa lukemistaan kirjoista, tai lempikirjailijoistaan, joiden luettelo oli jo huimaavan pitkä. Sen kaiken hän kirjoitti pienen pienillä kirjaimilla vihkoonsa, että kaikki tarvittava mahtuisi. Että hän muistaisi. Listaa silmäillessään hänen eteensä työntyivät punaiset hiukset ja se tuulen tuoksu.

– Miten ihmeellisen pientä käsialaa noin isolla miehellä, lausahti kahvilan tyttö katsoen Veikon silmiin niin läheltä, että

Veikko huomasi hänellä olevan vihreät silmät, joissa oli ruskeita pilkkuja.

Veikko jäi sanattomana ihailemaan tytön silmiä kunnes kuuli kirjaston ovelta tutun kikatuksen. Sari oli taas tulossa kirjastoon. Kahvilan tyttökin vilkaisi ovelle ja katsoi sitten jälleen Veikkoa, joka oli unohtanut jo hänen läsnäolonsa ja jonka sydän taas löi vain tuolle vaalealle tytölle, jolla ei varmasti ollut aavistustakaan siitä, millaisen reaktion hän sai aikaan pelkällä läsnäolollaan tuon nuorenmiehen mielessä.

Kahvilantyttö vei tarjottimella pois kupit ja wienerpullien makeuttamat lautaset ja hymyili kauniisti kassajonoon ehtineelle vanhemmalle naishenkilölle.

Kassan takaa hän pääsi taas vilkaisemaan Veikkoa, joka kirjoitti kuumeisesti jotakin pieneen vihkoonsa ja katseli välillä mitään näkemättömin silmin ikkunasta ulos ja arvatenkin sanoitti taas jotakin omaa sävellystään tai laati runojaan.

Vaan Veikkopa kirjoittikin kirjeen aihiota. Hän oli päättänyt vihdoin kertoa tunteistaan Sarille ja oli valinnut välineekseen vanhanaikaisen kirjeen. Veikko näki Sarin vaalean pään jossakin ihmisten takana. Tytön seurana parveili pari minimekkoon ja trikoisiin sonnustautunutta tyttöä, jotka vähän väliä joutuivat pitelemään suutaan, ettei heiltä karkaisi liian kovaääninen nauru tai juttu, koska kirjastossa piti antaa rauha muille siellä olijoille. Sen tytöt olivat kuulleet moneen kertaan ja melkein yhtä monesti unohtaneet.

Tytöt seisoivat aikansa lainausjonossa ja saapuivat sitten kahvioon huomaten Veikon istuvan tutussa pöydässään. Tytöt kerääntyivät lähelle toisiaan ja tirskuivat supattaen jotakin toisilleen ja vilkuilivat Veikkoa.

Veikko eli omassa haavemaailmassaan ja sanaili kauniita sanoja kirjeaihioonsa, jonka päätti kirjoittaa kotona puhtaaksi. Välillä hän mietti kynä suussaan uusia sanoja kirjeeseensä eikä huomannut kuinka tyttötrio limsat ostettuaan ja omaan pöytäänsä istuttuaan kurkisteli häntä tuon tuostakin ja naureskeli ja supatti.

Veikko paneutui melodisiin sanoihin, joilla hän tunnustaisi levottoman sydämensä pakahtuvan, kun tyttö oli jossakin hänen lähellään.

Kahvilan kassan takana seisova tyttö puolestaan näki ja kuuli tyttötrion sutkaukset ja hänen aina iloinen ilmeensä meni väkisinkin hiukan totisemmaksi Veikon puolesta. Tyttö laitteli kahvilaa yötä varten kuntoon ja näki tyttöjen poistuvan. Pöytä vaati siivousta ja tuolien järjestelyä. Kohta kirjasto taas suljettaisi ja uusi yö saapuisi. Veikko tuijotti vihkoaan niin intensiivisesti, ettei ollut huomannut Sarin poistumista. Veikko havahtui mietteistään ja nosti pureskellun lyijykynänsä hampaidensa välistä.

– Tahtoisitko vielä jotakin? Kahvilatyttö kysäisi mennessään Veikon ohi.

– Me suljetaan taas ihan pian, hän jatkoi.

– Ei, kiitos ei, en minä mitään... Jokos se kello on jo niin paljon, Veikko ihmetteli, katsoi kirjaston oven yläpuolella olevaa kelloa, tyhjää kirjastoa ja omaa rannekelloaan. Todettava se oli, sulkemisaika oli lähestymässä. Väkisin pojan silmät hakeutuivat tytön olkapään yli Sarin ja muiden tyttöjen pöytään ja hän huomasi sen tyhjäksi. Veikko nosti molemmat kätensä ylös ja haukotteli kuuluvasti. Tyttö katseli häntä ja hänen käsiään hymyillen taas salaperäistä hymyään. Veikko nousi ja työnsi tuolinsa pöydän alle.

– Taitaa olla aika lähteä kotiin, poika tokaisi, kiskaisi pusakkansa vetoketjun kiinni ja nyökkäsi tytölle.

– Öitä, hän huikkasi hymyillen ja lähti harppomaan pitkin askelin kohti ovea, asetellen samalla vihkoaan housujensa takataskuun ja kynää povitaskuunsa.

– Öitä, tyttö hihkaisi pojan perään ja katseli tämän harppomista.

Veikko oli aloittanut moneen kertaan rakkauskirjettään Sarille. Kirjoittanut ja lopuksi rutannut kirjeen. Monta kirjettä, monen monituista paperia koko viidensadan paperin riisistä. Hän mietti kirjoittaisiko koneella tekstin, mutta päätyi pohdiskeluissaan siihen, että omakätinen kirje olisi parasta. Omaperäistä. Henkilö-kohtaista. Huomionarvoista. Varsinkin kun kohde oli jumalainen Sari. Vaalea kaunotar...

Lopulta kirje oli aamuyöstä valmis. Se oli varmasti kirjeen 110. versio. Veikko kertoi ihastuneensa tyttöön jo koulussa viime vuonna ja pyysi, voisiko tämä olla hänen tyttöystävänsä. Hän pyysi uudelleen tyttöä tulemaan luokseen kuuntelemaan hänen kitaransoittoaan. Hän kysyi, mistä kirjoista tyttö piti. Mitä musiikkia hän kuunteli? Mitä elokuvia hän katsoi? Kuka oli tytön lempikirjailija? Loppuun poika raapusti nimensä, jota sitäkin oli harjoitellut moneen, moneen kertaan ennen kuin se vaikutti kelvolliselta rakkaudentunnustuksen loppusanoiksi.

Aamupäivä meni nuorelta mieheltä haaveillessa, mitä tyttö sanoisikaan saadessaan kirjeen. Veikko unohti aamupalansa. Hän ei tuntenut nälkää. Veikko unohti sateenvarjonsa mennessään töihin, mutta sateesta huolimatta hän ei tuntenut pisaroita eikä epämukavaa oloa märistä vaatteista. Hän oli rakastunut.

Hän hymyili koko päivän marketissa asioillaan käyneille ihmisille joille yritti myydä puhelinliittymää asiallisen kohteliaaseen sävyyn. Hän ei ollut mikään hyökkäävä kauppias. Päinvastoin. Hänen paras myyntivalttinsa oli ystävällinen ja avoin hymy. Hänessä oli luotettavan ihmisen leima. Sellainen kuin vanhoissa mustavalkoelokuvissa, joissa yksi silmäys paljasti roolihahmon luonteenpiirteet. Hän sai ihmiset avautumaan ja kertomaan Veikolle omaa elämäänsä ja Veikko kuunteli, nyökkäili, otti osaa tai iloitsi asiakkaan mukana. Usein Veikko myi heille samalla liittymän selittäen asiallisesti kaiken, minkä itse myyntiartikkelistaan tiesi.

Näin hän tänäänkin oli kertonut liittymistä monille kesäturisteille ja vanhemmille asiakkaille. Nuorempien asiakkaiden kanssa asioinnin hoiti toinen myyjä, joka vierasti vanhempia ihmisiä. Se sopi Veikolle. Veikko ei heitä vierastanut.

Äiti oli saapunut jo omasta työstään ja kokkaili kotona salaattia ja herkullisia voileipiä ja rupatteli Veikon kanssa päivän tapahtumista. Peteltä saapui viesti, että hän tulisikin aikaisemmin ensi viikonloppuna. Veikko laittoi astiat pesukoneeseen ja sanoi lähtevänsä kirjastoon.

– Taas, äiti kiusasi, mutta huikkasi pojalleen kättään ja meni katsomaan saippuasarjojaan istuen loppujen lopuksi avonaisen television äärellä lukemassa jotakin romaaniaan, kuten tavallisesti tapahtui joka ikisenä iltana. Koska lapset olivat jo kasvaneet aikamiehiksi, eikä talossa ollut enää taustahälyä, hän avasi television ja saattoi niin keskittyä toisiin elämiin, joista romaaneissa kirjoitettiin. Ehkä Veikko olikin juuri äidiltään perinyt rakkauden kirjoihin.

Veikko harppoi pitkin säärin pitkiä askeleita kirjastoon ja seisoi pian kahvilan kassajonossa ja siellä tiskin takana seisoi jälleen herttainen kesätyttö.

– Hei. Mitäs tänään laitetaan? kysäisi tyttö tietäen, että Veikko ottaisi kuitenkin vain teetä kupillisen. Ja sokeria. Ja joskus hän kaatoi teehensä maitoa jos hänellä oli kiire jonnekin ja tee piti juoda nopeasti. Tänä iltana Veikko ei kaatanut teehensä maitoa. Hyvä. Hänellä ei siis ollut kiire, mietti tyttö itsekseen hymyillen. Hän sai pojalta tasarahan ja hymyn ja sulki rahat kassaan ja talletti hymyn sydämeensä.

Veikko käveli varoen pöytäänsä, ettei läikytä teetään kupistaan. Hän avasi teepussin ja laittoi sen kuumaan veteen ja rikkoi sokeripalan tiputtaen molemmat palat varovasti sekaan, nosteli teepussia muutamaan kertaan ja litisti lusikalla loput nesteet irti pussukasta nostaen sen kupin viereen lautaselle. Hän sekoitteli juomaansa ja otti povitaskustaan kirjeen esille. Hän piteli sitä sormissaan ja odotti. Odotti teen jäähtymistä. Odotti Saria. Odotti uutta aikakautta elämäänsä.

Veikko oli saanut tilaisuutensa ojentaa kirjeensä jo samana iltana unelmiensa kohteelle, joka otti sen hämmästyneenä ja kaksi mukanaan ollutta tyttöä naurusta kiherrellen vierellään. Veikko ei oikeastaan edes huomannut niitä muita tyttöjä. Hän näki vain Sarin. Ojensi kirjeen ja lähti kotiinsa. Ensimmäistä kertaa hän ei muistanut edes asettaa tuoliaan takaisin siististi kirjaston kahvilan pöydän alle lähtiessään antamaan kirjettä Sarille. Hänen päänsä surisi. Hän oli levoton ja hämillään ja hän lähti vain pois.

Tytöt istuivat yhteen kahvilan pöydistä tilaamatta mitään ja Sari repi sormineen kirjeen kulman auki ja ujutti repeämää suuremmaksi saaden Veikon kirjeen esille. Hän noukki kuoresta kolme arkillista, joissa oli selkeällä ja kauniilla käsialalla kirjoitettu rakkaudentunnustus. Hän luki suu avoinna ensimmäisiä rivejä ja purskahti nauruun ohi kulkevien kirjaston asiakkaiden katseista välittämättä.

– Siis, eikä! hän huudahti moneen kertaan lukiessaan paperinippua.

– Mitä? Hei näytä meille! hihkuivat hänen molemmilla puolillaan istuvat tytöt ja kumpikin heistä kurotti päänsä kohti Veikon kirjettä, ja pian koko kolmikko nauroi kippurassa kirjeen eri sivuja vuorotellen selaillen. Kahvilatyttö katseli ja kuunteli aikansa, kunnes meni korjailemaan pöytien ja tuolien asentoja ja noukkimaan astioita pöydistä.

– Pikkuisen hiljempaa jos saisin pyytää, hän kuiskasi tytöille heidän ohi kulkiessaan.

– No et saa! Vastasi purkkaa jauhava pikimustatukkainen Sarin ystävä ja mulkaisi kahvilatyttöä tämän viedessä astioita kahvilan keittiöön.

Takaisin tullessaan hän huomasi tyttöjen nousseen ylös ja kuiskuttelevan toisilleen kiihkeästi ja pidättelevän huonolla menestyksellä nauruaan. Sari rypisti kaikki kolme kirjepaperia yhdeksi mytyksi ja heitti mytyn pöydälle, ja niin he lähtivät pois, ja siihen jäi Veikon kirje.

Seuraavana iltana Veikko harppoi tutuilla pitkillä askelillaan kohti kirjastoa ja kiskoi ovella pusakkansa vetoketjun auki, nappasi mukaansa päivän lehden ja meni kassajonoon. Hän vilkaisi kassaa hermostuneesti hymyillen ja otti lautasen ja siihen sopivan ison valkoisen mukin ja siihen kuumaa vettä, teepussin, sokeripalan ja lusikan ja antoi kassalle tasarahan. Kahvityttö hymyili hänelle. Veikko kääntyi mennäkseen vakiopöytäänsä mutta kuuli tytön sanovan:

– Odota. Minun pitää antaa tämä sinulle.

Veikko kääntyi kuppiaan lautasesta pidellen katsomaan ja näki rutistuneen kirjeen tytön käsissä.

– Miten...? Miten se? Miten se sinulla on? Veikko sai sanottua silmät ymmyrkäisinä.

– Sari jätti tämän eilen näin rutattuna tuohon pöytään mennessään, kertoi tyttö hiljaa nyökäten päällään kohti sitä pöytää, jossa tyttötrio oli illalla istunut. Vaistomaisesti Veikkokin katsoi pöytää ja hänen sydämensä hakkasi taas, tällä kertaa lyöden hädissään eikä riemusta. Hän vilkaisi uudelleen kahvityttöä, joka puisti päätään.

– Sari ei taida olla sinusta kiinnostunut. Mutta minä tiedän erään joka on. Näin sanoessaan hän ojensi jälleen kovia kokenutta kirjettä kohti Veikkoa, joka otti sen ja katsoi vielä tyttöä kävellen sitten pää painuksissa kohti vakiopöytäänsä. Hän otti kirjepaperit esiin ruttaantuneesta kuorestaan ja avasi arkit. Hetkeen hän ei nähnyt muuta kuin oman kirjoituksensa. Oman kirjeensä. Oman murheensa. Kunnes hän käänsi kirjepaperit nurin ja siellä oli uutta tekstiä kirjoitettuna kauniilla kaarevalla käsialalla. Hän ihaili hetken käsialan taiteellisuutta ennen kuin raaski lukea sanoja varovasti.

"Hei!

Minun nimeni on Erja ja olen ollut Sinuun ihastunut koko tämän pitkän kesän. Olen pahoillani kun kesäloma loppuu ja muutan takaisin opiskelupaikkakunnalleni.

Olen seurannut Sinua ja ihanaa ihastumistasi koko kesän ja toivonut, että ihastumisen kohteesi tuntisi Sinuun vastarakkautta. Luulen kuitenkin, että Sarilla ei taida olla samanlaisia tunteita hänen käytöksestään päätellen.

Siksi pelastin Sinun kirjeesi talteen kun hän heitti sen pois. Luin sen, koska olin hieman mustasukkainen Sarille Sinusta. Leikin, että kirje oli minulle, ja päätin vastata siihen.

Minä haluaisin kovin mielelläni kuulla Sinun soittavan kitaraa. Rakastan kitaramusiikkia. Rakastan myös lukemista. Siksi pyrinkin tänne kesätöihin ja olin onnellinen kun sain paikan. Olen kesän mittaan lukenut tuhottomasti kirjoja ja pidän hirmuisesti työstäni tässä kahvilan kassalla..."

Niiden sanojen kohdalla Veikko nosti päänsä ja katsoi kassalle, jossa kahvilatyttö, ei vaan Erja, katseli häntä levollisesti hymyillen. Katsoi vain. Ja Veikon sydän sai uuden sykerytmin. Hän näki rakkautta tuon punatukkaisen tytön katseessa. Ja Veikko suli hymyyn.

ANNINA ALHAVA (9 VUOTTA)

Kirjastonhoitaja ja hänen kirjastonsa

Oli kerran kirjastonhoitaja, jonka nimi oli täti Kirjasto. Täti Kirjasto oli mukava kirjastonhoitaja ja hänen hoidettava kirjastonsa sijaitsi kaupungissa nimeltä Elotatti. Elotatin kirjasto oli hyvin mukava ja eloisa, koska siellä oli niin mukava kirjastonhoitaja. Elotatin kirjastossa on kaksi kerrosta ja kirjasto sijaitsee Elotatin monitoimitalon vieressä.

Nyt kerron teille eräästä täti Kirjaston hauskasta päivästä. Eräänä päivänä kun täti Kirjasto tuli Elotatin kirjastoon, niin hänen paikallaan oli kuuluisa Alalaka Rummuttaja. Täti Kirjasto ihmetteli, miksi Alalaka oli hänen vakiopaikallaan. Hän meni kysymään sitä Alalakalta, mutta eihän Alalaka omalta laulamiseltaan ja rummuttamiseltaan mitään kuullut. Hän vain lauloi kuuluisinta kappalettaan Alalaka's song ja rummutti pöytään. Täti Kirjasto tuli siitä kovin surulliseksi ja lähti kiertämään kirjastoa. Hän ei ollut koskaan ennen saanut selvittää kaikkia Elotatin kirjaston salaisuuksia.

Hän lähti kiertämään kirjastoa ja kas kummaa! Hän huomasi kirjastossa uuden kahvilan, Café libraryn. Ohhoh, täti Kirjasto ajatteli. Jos Alalaka ei olisi ollut paikallani, en ehkä olisi koskaan saanut tietää, että täällä on kahvila, Café library. Täti Kirjasto lähti kävelemään portaita alas alaspäin. Mitähän tuolla alakerrassa on? En ole käynyt siellä koskaan. Täti Kirjasto käveli pitkät portaat alas ja yllättyi. Alakerrassa oli PELISALI! Siellä oli paljon nuoria tyttöjä ja poikia. Täti Kirjasto ihmetteli kovasti ja päätti mennä katsomaan oliko Alalaka Rummuttaja lähtenyt hänen vakiopaikaltaan. Täti Kirjasto käveli ja käveli, kunnes huomasi, että oli kiertänyt ympyrää. Täti Kirjasto huomasi suuret portaat ja löysi vakiopaikalleen. Ja kas kummaa! Alalaka oli lähtenyt hänen paikalta ja täti Kirjasto pääsi taas hoitamaan Elotatin kirjastoa.

Kirjastoseikkailu

Kirjoitan nyt hurjimmasta ja mieleenpainuvimmasta kirjasto-kokemuksestani ikinä. Se oli aika ainutlaatuinen. En usko, että muut ovat kokeneet sellaista. Tarina alkoi joulukuun 23 päivänä. Oli siis melkein jouluaatto. Ilma oli kolea ja harmaa. Räntää-kin satoi ja tuuli oli hyytävän kylmä. Minun ei kovin kauaa tarvinnut miettiä mitä tekisin. Astelin suoraan kirjahyllyni luo ja aloin tutkia valikoimaa. *Luettu... luettu... luettu...* mietin katsellessani hyllyäni läpi. Olin lukenut kaikki kirjat mitä talostani löytyi. *Kirjasto on varmaan vielä tänään auki,* tuumin ja vedin kumisaappaat jalkaani. Vihdoin kirjastoon päästyäni huomasin onnekseni, että kirjasto olisi vielä tunnin auki. Astelin ovesta sisään, palautin aikaisemmin lainaamani kirjat ja kiipesin rappuset toiseen kerrokseen, jossa ryhdyin etsimään sopivia kirjoja.

Ennen kuin huomasinkaan, oli kulunut tunti. Aloin katsella ympärilleni. Missään ei näkynyt ketään. Menin kirjastonhoitajan tiskin luo. Ei ketään. Päätin lähteä takaisin kotiin. Menin hissillä alakertaan ja säikähdin pahanpäiväisesti huomatessani, ettei ovi auennut. *Mitäs nyt tehdään? Pakko päästä jouluksi kotiin. Pitää kai tutkia koko kirjasto, kyllä täällä jossain täytyy joku olla,* ajattelin, ja niin lähdin tutkimaan kirjastoa.

– Voi ei! parahdin ääneen, kun olin tutkinut kirjaston viimeistä kerrosta myöten. Ketään ei todella ollut missään ja ulko-ovi oli lukossa. Miten minä nyt pääsisin jouluksi kotiin? *No, ei kai tässä nyt voi muuta kuin yrittää viihtyä,* ajattelin itku kurkussa, istahdin nojatuoliin ja aloin lukea. *Näiden kirjojen keskellä ei ainakaan aika käy pitkäksi,* tuumin. Olin kuitenkin väärässä. Kahden tunnin lukemisen jälkeen se alkoi jo kyllästyttää, joten päätin mennä pelaamaan tietokoneella. En tiedä miksi, mutta yhtäkkiä minua alkoi väsyttää kamalasti. Hetken onnistuin pinnistellen pitää silmäni auki, mutta lopulta kuitenkin nukahdin.

Heräsin kamalaan mekkalaan. Jostain kuulu kolinaa, jostain huutoa ja jostain erilaisten eläinten ääntelyä. Luulin yhä nukkuvani kun katselin ympärilleni. Se oli mahdotonta. Pakko olla unta. Erilaiset henkilöt ja eläimet juoksivat ympäri kirjastoa. Hetken vain seisoin paikoillani henkeäni haukkoen. Kun katsoin tarkemmin, huomasin, että kulman takana oli Harry Potter ja lainaustiskien luona Julius Caesar ratsasti uljaalla hevosellaan.

– Mitä tämä on? kysyin lähimmältä normaalin oloiselta mieheltä.

– Joka yö kaikkien kirjojen kaikki henkilöt heräävät henkiin. Heti aamulla me kuitenkin palaamme takaisin kirjoihimme. Minä olen muuten Penny Moosburgerin isä, herra Moosburger selitti.

– Eli täällä on kaikkea; dinosauruksia, gladiaattoreita, leijonia... mitä vaan mitä kirjoissa sattuu olemaan? varmistin epäröiden.

– Kyllä vaan, Pennyn isä vastasi.

– Voiko ne tehdä jotain tavalliselle ihmiselle? kysyin.

– Tietenkin voi. Pidä siis varasi. No, minun täytyy nyt lähteä tarkistamaan, ettei eläimiä ole loukkaantunut. Hei sitten! herra Moosburger sanoi, heilautti kädellään ja lähti kävelemään rivakasti poispäin. Peloissani lähdin tutkimaan paikkoja ja huomasin, että kirjastossa todella oli kaiken näköisiä otuksia. Alkuun kukaan ei oikein huomannut minua, mutta sitten tyrannosaurus rex iski silmänsä minuun. Kirkuen lähdin juoksemaan pakoon, mutta ei se mitään auttanut. Dinosaurus juoksi ihan perässä, niin, että tunsin sen hengityksen niskassani.

– Älä juokse! Se ei näe sinua jos olet paikoillasi! joku huusi.

Niinpä pysähdyin ja lähdin hitaasti hivuttautumaan kohti rappusia. Yritin saada selville kuka oli huutanut, mutta en löytänyt pelastajaani. Menin seuraavaan kerrokseen ja katselin siellä ympärilleni. Yhtäkkiä tunsin pistävän kivun nilkassani. Katsoin alas, ja näin, että iso viemärirotta oli tarttunut jalkaani hampaillaan. Kun olin vihdoin saanut rotan ravistettua irti jalastani, tunsin jonkun repivän hiuksistani. Huomasin että pieni apina oli istahtanut olkapäälleni ja etsi nyt ahkerasti kirppuja päästäni. En ehtinyt tehdä asialle mitään, kun huomasin noidan, joka taikoi kaikkia sammakoiksi, liskoiksi ja muiksi matelijoiksi. Pian noita huomasi minut ja tähtäsi taikasauvallaan. Onnistuin juuri ja juuri kääntymään sen verran, että kirous osui olkapäälläni kyhjöttävään marakattiin ja se muuttui isoksi ja rumaksi rupikonnaksi. Noita raivostui, kun ei ollut osunut minuun, ja langetti uuden kirouksen. Onnistuin täpärästi väistämään senkin juoksemalla hyllyn taakse, mutta kolmannella yrityksellään noita onnistui. Tunsin outoa poreilua sisässäni ja pian katselin suurta vaatekasaa. Olin huomattavasti pienempi kuin ihminen. Sen minä huomasin, kun olin onnistunut ryömimään pois vaatekasasta. Kävelin neljällä pienellä jalallani vähän aikaa, kunnes löysin erään käärmeen.

– Mikä minä olen? kysyin siltä.

– Olet kameleontti ja sssopissit täydellissesssti ruuaksseni, käärme vastasi sihisten.

Lähdin heti pötkimään pakoon, mutta se oli aika turhaa. Heti kun olin päässyt eriväriselle alustalle, muutin itsekin väriäni, eikä käärme enää voinut löytää minua. *Tämähän on kätevää. Pystyn katselemaan kaikkia tapahtumia ilman että minulle käy mitään,* ajattelin iloisesti, mutta pian pahat ajatukset kuitenkin valtasivat mieleni. *Mitä jos jään kameleontiksi? Jos en enää ikinä saa olla ihminen...* Pian unohdin kuitenkin moiset asiat kun huomasin olevani hyvin nälkäinen. *Mistä saan ruokaa?* pohdin hetken, mutta sitten tajusin, että kirjastossa on varmasti monia kokkikirjoja, joten niiden "henkilöt" eli ruuat olivat päässeet vapaiksi. Näin ollen ruokaa saattoi löytää mistä vaan. Lähdin siis hakemaan sitä, mutta ei minun kauaa tarvinnut etsiä kun jo löysin pienen juuri liskolle sopivan kokoisen herkullisen pizzan. Hotkin sen suihini ja jälkiruuaksi onnistuin löytämään suussa sulavan suklaakakun. Syötyäni jäin kuuntelemaan ja kuulinkin läheltä hiljaista supinaa. Lähdin kulkemaan ääntä kohti niin nopeasti kuin pystyin. Kurkkasin hyllyn taakse ja näin viisi aikuista miestä sekä yhden lapsen, vain hieman minua nuoremman.

– Meidän on pakko löytää se kirja, yksi miehistä kuiskasi.

– Niin, mutta ollaan varovaisia. Olen kuullut huhuja, että täällä liikkuisi oikea ihminen. En tiedä pitääkö se paikkaansa, mutta ollaan varuillamme, toinen mies vastasi.

Pidätin henkeäni. Olin varma että he puhuivat minusta. Eihän kirjastossa ollut muita ihmisiä.

– Mitä haittaa siitä ihmisestä on? pieni lapsi kysyi.

– No meidänhän täytyy saada kirja, jotta voisimme olla elossa päivisinkin, ja silloin valloittaisimme maailman, yksi miehistä selitti. Varautuneena hän katsoi ympärilleen ja jatkoi sitten:

– Jos taas tämä ihminen saa kirjan käsiinsä ja tuhoaa sen, on meidän asiat huonosti. Emme herää henkiin edes öisin, ja näin ollen emme pysty toteuttamaan suunnitelmaamme.

– Miltä se kirja näyttää? lapsi jatkoi kyselyään.

– No se on aika pieni ja harmaa ja siinä on kuun ja auringon kuvat kannessa, joku miehistä kertoi.

Sellainen kirja minun on siis tuhottava, ajattelin. *Missähän täällä se mahtaa olla?*

Tuntui kuin lapsi olisi lukenut ajatukseni. Hänen seuraava kysymyksensä nimittäin oli:

– Missä se kirja sijaitsee?

– Sehän tässä on ongelmana. Me emme sitä tiedä. Se voi olla missä vain, eikä meillä ole tänä yönä enää kauaa aikaa etsiä sitä, kuului vastaus.

Tuo tieto ei kyllä yhtään auttanut, mutta kaipa minun on aloitettava kirjan etsiminen. Emmehän tahdo, että kirjojen satuhenkilöt valloittavat maan, tuumasin, ja siitä alkoi etsintäni. Kameleonttina oli aika haastavaa tutkia paikkoja, kun en jaksanut nostaa yhtäkään kirjaa, mutta oli yritettävä. Kävin läpi kaikkia hylyssä olevia kirjoja, joista valitettavasti yksikään ei tuntunut olevan oikea. Ikuisuudelta tuntuneen ajan jälkeen huomasin yhtäkkiä koko rakennuksen hiljentyneen. Samassa tunsin taas kummaa poreilua sisässäni ja huomasin kasvavani takaisin ihmiseksi. *Nyt on varmaan aamu,* ajattelin kun en nähnyt enää ketään missään. Vasta silloin huomasin, ettei minulla ollut vaatteita päällä. En muistanut mihin ne oli jäänyt, joten taas täytyi tutkia koko kirjasto. Vihdoin, kun olin saanut vaatteet päälleni, pystyin taas keskittymään sen harmaan kirjan etsimiseen. Vasta kahdentunnin kuluttua olin tutkinut koko kirjaston kaikki hyllyt, eikä mistään kuitenkaan ollut löytynyt sitä oikeaa kirjaa. *Se ei siis ole hyllyllä muiden kirjojen joukossa,* tuumin. Sitten aloin ajatella: *Jos haluaisin piilottaa jotain kirjastoon, ja olla varma, ettei kukaan löytäisi sitä, minne laittaisin sen? No, jos esine olisi riittävän pieni, voisin laittaa sen taulun taakse, mutta jos se ei sinne mahtuisi, vessan kaappi olisi hyvä piilopaikka. Vessaan siis!* Ensimmäisenä päätin mennä lastenosaston vessaan. Ei mitään. Menin kerrosta ylemmäs. Ei sielläkään. Pian olin tutkinut kirjaston jokaisen vessan perin pohjin. Siirryin siis taulujen kimppuun. Olin jo melkein luopunut toivosta löytää kirjan, kun olin tutkinut kaikkien taulujen taukset. Tai ainakin luulin, että olin tutkinut kaikki taulut. Turhautuneena istahdin rappuselle, ja silloin huomasin suuren tekopalmun takana pienen, pienen taulun jossa oli kuva kuusta. Toiveita herätellen kuljin palmun luo ja käänsin taulua. Olin erittäin riemuissani nähdessäni pienen harmaan kirjan, jonka kannessa oli kuu ja aurinko. *Nyt minun on enää tuhottava kirja,* tuumin. *Mitenköhän voisin tuhota sen? Kirjastossa ei ole takkaa, joten sitä ei voi polttaa. Voisinkohan repiä sivut ja heittää sitten vessanpönttöön?* pohdin. Yhtäkkiä kuulin kuinka joku saapui kirjastoon.

– Ku-kuka siellä? kysyin epävarmana ja lähdin varovasti kävelemään ulko-ovia kohti.

– Onko täällä joku? kuului vastaus. Ääni kuului selvästi miehelle.

– Huh... Pieni tyttö vain, isomahainen parrakas mies sanoi nähdessään minut.

– Miksi sinä täällä olet? kysyin mieheltä.

– Olen kirjastossa töissä. Unohdin joulukinkun tänne ja tulin nyt hakemaan sitä, mies selitti.

Minäkin sain tietysti kertoa tarinani. Tottahan mies ihmetteli kuinka pieni tyttö oli päässyt lukittuun kirjastoon keskellä joulunpyhiä.

– Anteeksi, että lukitsin sinut tänne. En yhtään tiennyt, että täällä on joku... Voinko mitenkään hyvittää asian? mies pahoitteli.

– Itse asiassa voit. Polta tämä kirja, niin olisin erittäin kiitollinen, vastasin ja ojensin hänelle pienen harmaan kirjan. Ilmeestäni mies huomasi, ettei hänen kannattanut kysyä.

Koska ulkona oli kylmän tuulista ja luntakin tuiskutti, mies tarjosi minulle autokyydin kotiini ja pääsin perheeni luo viettämään joulua.

Kirjastossa koettua

ANNE ROSENIUS

Kirjasto on toinen kotini

Tunteita ja herkkuja

Matkani Joensuun jokirannasta Helsingin Strömbergin alueelle on kirjaston mittainen.

Aloitin Joensuun kirjaston lainaajana lastenosastolla 1960-luvulla ja päädyin Helsingin kaupunginkirjastoon Pitäjänmäkeen 2010-luvulle. Pikkutyttönä opettelin täyttämään kapeaan pahviliuskaan kirjastokortin numeron 4455 ja sujauttamaan vastineeksi epäpäiväkortin kirjan takakannen lokeroon. Kävelin muutaman korttelin matkan kotoa kirjastoon ja lastenosastolle, jossa vallitsi vapauttava hiljaisuus. Sain vaellella hyllyjen välissä rauhassa ja selata ennakkoon kaikkia niitä kirjoja, joita lukisin kotona kaikessa rauhassa.

Monia suosikkejani luin useaan kertaan. Yhden vilpin muistan tehneeni kirjojen vuoksi. Minulla oli kesken luvun hyvä kirja, enkä olisi halunnut lähteä aamulla kouluun. Valitsin äidilleni huonoa oloa ja kurkkukipua. Äiti haki kuumemittarin kainalooni. Sillä aikaa, kun äiti oli aamupesulla, pidin sormeani lämpimällä patterilla hetken. Otin kiinni kuumemittarin metallista, ja kyllähän se kuume nousi. Vietin kotona yhden sairaspäivän hyvän kirjan äaressä, enkä potenut sen kummemmin kuumetta kuin huonoa omaatuntoakaan.

Minulle merkittäviä lukukokemuksia lapsena olivat esimerkiksi Anni Swanin *Iris rukka*, *Ollin oppivuodet*, *Arnellin perhe* ja *Pauli on koditon*. Monenlaisia tunteita kävin läpi ja kyyneliä vuodatin *Pikku prinssin* ja Burnettin tyttökirjojen, Anna-runotytön ja *Salaisen puutarhan* lumoissa. Helpotusta kyyneliin toi se, että kirjojen loppu oli aina onnellinen. Iris-rukka sai isänsä takaisin,

Pauli löysi kodin ja pikku prinssi tavoitti tähtensä. Elämä kantoi vaikeuksista huolimatta.

Teos *Pikku naisia* antoi esimerkkejä erilaisista naistyypeistä ja heidän elämänratkaisuistaan, eikä draamoilta välttynyt sekään perhe. Kirja jatkui ihmisrakkauden hengessä, kun sisarukset aikuistuivat ja perustivat poikakodin, josta puolestaan kertoi romaani *Bloomfieldin pojat*. Pakosta vertaan tätä kirjaa siihen filantropiaan, josta kertoi taannoin Heikki Hiilamon teos *Kuoleman listat*. Suomalaiset diplomaatit pelastivat oman asemansa ja henkensäkin uhalla ihmishenkiä Chilessä 1973.

Kansakoululaisena minua kiinnostivat myös Enid Blytonin *Viisikot* ja *Salaisuus*-sarja, joita luokkakaverini lukivat innolla. Kirjojen innoittamana loimme omat seikkailut ja vakoilimme kerrostalon vintillä kuviteltuja roistoja. Tuontyyppiset kirjat eivät olleet minulle kuitenkaan kaikkein mieluisimpia, ja *Viisikko*-vaihe meni ohi nopeasti. Lukemiseeni liittyi usein suklaan, karkin tai suolaisenkin napostelu. Kasasin pienelle lautaselle herkkukasan ja asetuin kirjan kanssa sänkyyn vatsalleni. Toivoin, ettei kukaan keskeyttäisi lukuhetkeäni eivätkä herkut loppuisi kesken. Kaksi nautintoa yhdistyi mainiosti – varmaan nautin molemmista yhtä paljon.

Oppikouluun siirtyminen muutti myös kirjamakua, sillä koulussa luettiin vähitellen suomalaisia klassikkoja ja modernia kirjallisuutta. Muistan äidinkielen tunneilta Antti Hyryn novellin *Maanteiltä hän lähti*. Teini-ikäisenä Hyryn novellin ideaa ja syvyyttä en ihan ymmärtänyt, mutta mieleen se jäi juuri erikoisuutensa vuoksi. Koulussa oli ala-aulassa pieni kirjasto, joka oli auki muistaakseni kerran, pari viikossa. Sitä en muista juurikaan käyttäneeni, koska oma ja tuttu kirjasto oli niin lähellä kotia.

Kaupunginkirjaston aikuisten osastolta ei saanut lainata kirjoja ennen kuin täytti 12 vuotta. Luokkakaverin suosituksesta lainasin heti *Franny ja Zooey* -nimisen romaanin "kiellettyjen kirjojen" sarjasta. Kirjasta en muista juuri muuta kuin sen, että se oli hämmentävä eroottisen latauksensa vuoksi. Taisin olla vähän nolo lainaustiskillä sitä lainatessani. Se, mikä on kiellettyä, houkuttaa eniten.

Mieleeni runoteoksista jäivät Arto Mellerin *Schlaageriseppele*, Eeva Kilven runot ja *Uuden runon kauneimmat 1* ja *2*. Myös Kari Aronpuron Rääkkylän-kauden teoksia luin, samoin kuin Helvi Juvosen, Arvo Turtiaisen ja Pentti Saarikosken runoja, muun muassa. Pablo Nerudan *Andien mainingit* oli niin järisyttävä lukukokemus lukioiässä, että hankin kirjan omaan hyllyyni, jossa se edelleenkin on. Kaupunginkirjaston yhteydessä oli Joensuun kaupungin taidemuseo, jossa vierailin ahkerasti. Kirjallisuus ja kuvataiteet limittyivät yhteen luontevasti ja molemmista tuli minulle rakas harrastus.

Opiskeluihini kuului suuri määrä kaunokirjallisuuden lukemista, ja valitettavasti siitä "pakkopullasta" ei jäänyt kovin hyviä muistoja. Kun lukeminen oli työtä, se oli puuduttavaa. Opiskelupaikan ja yliopiston kirjasto olivat monen kirjan haku- ja lukupaikkoja. Moneen klassikkoon minun on pitänyt palata uudelleen, että ymmärtäisin teosten sanoman ja sisällön. Viimeksi muistuttelin mieleeni *Sodan ja rauhan* teemoja ja ihmiskuvaa katsomalla kirjastosta lainaamani dvd:n pariin kertaan.

Kokemuksia ja kohtaloita

Lapsuuteni kodissa tärkeimpiä huveja oli lukeminen. Äitini luki paljon ja suositteli minullekin Steinbeckiä, Hemingwaytä, Linnaa. Monesti puhuimme kirjojen henkilöistä ja keskustelimme heistä kuin todellisista, elävistä ihmisistä luettuamme kirjat peräkkäin. Sääntö oli, että juonta ei saanut kertoa toiselle. Vieläkin kolmenkymmenen vuoden jälkeen keskustelussamme saattaa vilahtaa vaikkapa Pohjantähti-trilogian Leppäsen Preetin repliikki, mutta sitä on ulkopuolisen mahdotonta tajuta. Erityisesti jäi mieleeni kirja *Puu kasvaa Brooklynissä*, jossa köyhän perheen arvokkuus ja äidin sinnikkyys vertautui tiedostamatta omaan elämäämme. Voin sanoa, että äitini ammensi minuun kiinnostuksen kirjallisuuteen.

Mikä oli suhteeni kaunokirjallisuuteen silloin? Ja mikä sen merkitys on? Kirjan henkilöiden elämä edusti minulle toista todellisuutta, joka laajensi ympäröivää maailmaa jännityksen, mielikuvituksen ja erilaisten tunteiden kehiin. Tarinat ja ihmiskohtalot olivat tärkeämpiä kuin rakenteelliset tai temaattiset seikat. Kirjojen maailma imaisi mukaansa – ja kirjastoon – kerta kerran jälkeen. Olin viikoittainen asiakas kirjastossa. Kirjaston kirjallisuuspiirissä kävin myös lukion viimeisellä luokalla, ja piirin kirjoista jäi mieleeni *Dersu Uzala* -romaani.

Tuosta kirjallisuuspiiristä tullessani tapasin myös nuoruuteni poikaystävän. Odottelin viimeistä bussia Kontiolahden asemalle, jossa silloin asuin. Ennen kuin bussi ehti pysäkille, pysähtyi tuttu poika Mossellaan pysäkin viereen ja tarjosi kyytiä. Sanoin, että on matkaa 20 kilometriä, viitsitkö niin kauas lähteä. Lähti. Ja tuli Kontioniemen varuskuntaan varusmiespalvelukseen mennessään lupaamilleni kahveille. Siitä alkoi lyhyt nuoruuden seurustelusuhde, joka jatkui uudelleen ja yllättäen myös keski-iässä.

Dersu oli goldi, tunguusiheimon metsästäjä ja erakko, joka osasi taitavasti lukea tai vaistota luonnonmerkkejä. Hän oli osa luontoa, eikä suunnistaminen erämaatundralla tuottanut hänelle minkäänlaisia ongelmia. Joskus myöhemmin kuulin tarinan, jossa ihmeteltiin nykyihmisen kyvyttömyyttä lukea luonnonmerkkejä ja enteitä tuntemattomassa maastossa. Ihmettelijälle vastattiin, että nykyään näitä erätaitoja vastaa se, että urbaani ihminen osaa suunnistaa Pitäjänmäen liikenneympyrässä. Tätä vertausta olen nyt Pitäjänmäen-bussissa istuessani muistellut, kun bussikuski taitavasti sompailee kyseisessä ympyrässä.

Kirjojen kautta opin äidinkieleni kauneimmat vivahteet ja merkitykset, opin rakkauden kieleen ja kirjallisuuteen. Tämä vaikutti ammatinvalintaani: tuskin olisin opiskellut kirjallisuustiedettä ja suomen kieltä ilman upeita kokemuksia kielestä ja kirjallisuudesta. Ensimmäinen oma kirjani ilmestyi vuonna 2009, ja se on nyt kymmenissä kirjastoissa ihmisten lainattavana. Koen kirjastani sekä ylpeyttä että nöyryyttä ja toivon, että Arvin tarinan myötä lukijat saavat elää yhden elämän omansa lisäksi. Kirjastosta on ollut moneksi!

Aikuisiällä eräs suosikkikirjani on ollut monen muun ohessa Pat Conroyn *Vuorovetten prinssi*. Siinä päähenkilö Tom Wingo kertoo kirjallisuuden merkityksestä itselleen unensa avulla seuraavasti: "Mistä johtui, minä ihmettelin, että olin intohimoisimmillani puhuessani kirjoista, joita oli rakastanut? Unessa se oli yksinkertaista. Nuo kirjat kohottivat minut kunniaan, ne muuttivat minua."

Pettua ja perintöä

Sama "kirjastotäti" oli töissä Joensuun kirjaston lasten ja nuorten osastolla vielä silloinkin, kun lainasin ensimmäisiä katselukirjoja vauvaikäiselle pojalleni 1980-luvun lopussa. Oloni oli aika nostalginen, kun tajusin – sananmukaisesti – sukupolvien katkeamattoman ketjun asioidessani hänen kanssaan. Lainausjärjestelmä oli toki muuttunut sähköiseksi, mutta kirjasto näytti aivan samalta kuin lapsuudessani.

Muuttojen myötä ja paikasta riippumatta kirjasto oli perheemme jokaviikkoinen vierailupaikka myöhemminkin. Toivon hartaasti, että lasteni kanssa lainatut ja luetut kirjat ovat kannatelleet heitä ihmisinä, että Pupen ja Touhulan väen lukijat jatkavat kirjojen avulla matkaansa Tylypahkasta kohti *Unelmaa paremmasta maailmasta* ja *Luolakarhun klaanista* zeniläiseen mielenrauhaan.

Ammatissani tutustutan nuoria kirjaston maailmaan: harjoittelemme kirjaston informaatikon opastuksella tiedonhakua, etsimistä ja löytämistä. Onkin monesti yllätys, että nettinatiivit ja syntymänörtit eivät ensiyrityksellä löydä tietokannasta haluttua tietoa. Tai että muutaman haun avulla löytyykin tie uusien musiikki-, leffa- tai pelitietojen lähteille. Ihan kaikkea ei saakaan googlettamalla käsiinsä, vaan avuksi tarvitaan kirjasto ja sen tietokanta tai tietämys. Sähköinen kirjasto tulee lähelle nykynuorta ja mahdollistaa monenlaisen kirjaston käytön, jossa cd:t, dvd:t ja sähköiset kirjat odottavat ottajaansa. Varaussysteemi on valmiiksi osa nykynuoren arkipäivää, muutaman klikkauksen päässä. Toiveenani olisi kirkastaa koulusta lähtevälle nuorelle ajatus, että kirjasto on megamuisti, jonne on talletettu tietoa, taitoa ja linkkejä tiedon lähteille. Eikä hakuja tarvitse itse osata, ja apuakin saa pyytämällä.

Minua surettaa se, että kirjojen lukemattomuus on monelle nuorelle kehuskelun aihe. Onkohan aikuisillekin? Kannettu vesi ei kaivossa pysy, mutta soisin mahdollisimman monelle nuorelle kaikenlaisten kirjojen tuoman lumon, ihanuuden ja mahdollisuuden elää kirjojen kautta monta elämää. Se avaisi silmät näkemään vieraita maita, kulttuureja, toisia ihmisiä ja omaa sisintään uudella tavalla. Kirjan lukemisen oheistuotteena joutilaisuus, taivaallinen laiskuus ja joutenolon flow ovat kokemuksia, joita ei voi korvata millään. Lukemisen imu ja intohimo ovat oivia keinoja kehittää mielikuvitusta ja luovuutta, koska kuvat luetusta on luotava itse. Samoin kielen ilmaisutavat ja sujuvuus kehittyvät sanoja, sanontoja, lauseita ja erilaisia tekstimuotoja lukemalla, maistamalla ja vertailemalla.

Pentti Saaritsan erään runon ajatus on, että ihmisen on oppiakseen tehtävä asiat kahteen kertaan: ensin väärin ja sitten oikein. Kirjallisuuden avulla elämän ristiriidan ja tasapainon, harmonian ja kaaoksen vuorottelu säilyy siedettävänä. Ihmiselle on suotu mahdollisuus samanaikaisesti kahteen elämään: todelliseen, joka on johdatusta ja unelmaan, joka pitää hengissä. Kirjastosta löytää aineksia molempiin.

Muutama vuosi sitten kiinnostuin talvi- ja jatkosodan kirjallisuudesta. Löysin Eeva Kilven muistelmista viitteen mielenkiintoisesta kirjasta, jonka nimeä tai tekijää hän ei kertonut. Tiesin, että kirjaston tietopalvelun salapoliisit voivat ratkaista arvoituksen. Kului muutama minuutti tietopalvelun tiskillä, kun kirjasta olivat kaikki tiedot esillä. Sitä minä pidän uskomattomana ammatti-taitona: nyhjäistiin tyhjästä sekä tekijä että teos. Ällistyttävää, ja silti ammattilaiselle täysin ymmärrettävää. Mielenkiintoisen kirjan lisäksi sain luettavakseni koskettavan ja järkyttävän ih-miskohtalon.

Runoilija Arja Tiainen kirjoittaa eräässä runossaan: "Tätä ei saa sanoa? / Runo on korviketta, pettua." Tiaisen säkeet voisin laajentaa koskemaan suhdettani kirjallisuuteen. Onko se minulle korviketta? Pakoa todellisuudesta? Taidetta itsearvoisesti? Tera-piaa ja elämätöntä elämää? Opetusta? Onko kirjan itseisarvo vai välinearvo tärkeämpi minulle?

Kirja on aina kirjailijan tuotos, taide- tai tietoteos, jonka lu-keminen on monitahoinen kokemus. Kohtaan hyvässä kauno-kirjassa itseni, sukuni ja sukulaiseni. Jos vaikka ajattelen Laura Honkasalon romaaneja, henkilöiden elämään ja kohtaloihin on helppo eläytyä. Sirpa Kähkösen romaanit saavat minut ajatte-lemaan mummini Hiljan elämää sodan aikana. Myönnän, että kirjat ovat minulle korviketta, pettua, elämättömän elämän mah-dollisuus, sillä tarinoiden avulla voin vaihtaa aikaa, maanosaa, kokemuksia ja sukupuolta.

Talven 2010 kohokohtia olivat syksyn 2009 suosikkikirjojen lainausilmoitukset: kuukausien odotuksen jälkeen sain luetta-vakseni Paavo Haavikon elämäkerran, ja lopulta Herlin-elämä-kertakin saapui lähikirjastoon. Odottelin myös Sirpa Kähkösen *Neidonkenkää*. Ja Laura Honkasalon *Eropapereita*. Odotetun ja kaivatun kirjan lukemisesta tulee eräällä tavalla ongelmakin: mi-ten saisin hyvän kirjan ja lukunautinnon riittämään kauemmin, etten ahmisi kirjaa liian nopeasti loppuun? Palautustiskillä tun-nen jonkinlaista haikeutta luopuessani hyvästä kirjasta, upeasta lukukokemuksesta tai mielenkiintoisesta henkilöstä. Toisaalta voin tuntea iloa siitä, että kirjan suoma onni ja autuus ovat edessä seuraavalla lukijalla.

Huomaan sen, että iän myötä mieltymykset laajentuvat: elämä-kerrat, sisustus-, askartelu-, puutarha- ja harrastekirjat kiinnostavat minua kaunokirjallisuuden ohella yhä enemmän. Elokuva-tarjonta kattaa kirjastossa sellaisiakin vanhempia teoksia, joita ei muualta enää saa.

Palvelua ja suunnistusta

Muuttaessani Strömbergin alueelle vajaa vuosi sitten ensimmäinen asia, jonka kartalta ennakkoon katsoin, oli kirjaston sijainti. Kirjaston pitää olla kotini lähellä kuin lähin ruokakauppa – tämä periaate on pitänyt aina asunnon valinnassani. Kirjaston käyttäjänä olen aika perinteinen: varaan ja lainaan kirjoja viikoittain. Luovuin isosta määrästä omia kirjoja muuton yhteydessä, ja siksi kirjasto on entistä tärkeämpi. Nettivaraukset ovat helppoja ja nopeita, eikä lainausajoista tarvitse itse huolehtia, koska muistutus tulee sähköpostiin pari päivää ennen eräpäivää.

Muita kirjaston palveluita en kovinkaan paljoa käytä, mikä varmaan muuttuu vaikkapa eläkevuosien tai elämäntilanteiden myötä. Ajattelen äitini kotiin sidottua elämää ja olen kiitollinen kirjaston kotipalvelulle: kahden viikon välein hänelle saapuu uusi pino toivottua lukemista. Jos minusta joskus tulee isoäiti, vien taatusti vunukat satutunnille ja lastenosaston uusiksi asiakkaiksi.

Opiskeluaikoina käytin kirjaston lukusalia ahkerasti, koska siellä sain lukurauhan enkä voinut tehdä muuta kuin lukea. Nykyään minulla on neljä kirjastokorttia eri kirjastoihin ja erilaisiin tarpeisiin. Eräs esimerkki kirjaston hienosta asiakaspalvelusta ja ammattitaidosta sattui muutama vuosi sitten, kun halusin oppia tekemään perinteisen sukan kantapään. Kirjastosta ei juuri silloin löytynyt yhtään lehteä tai kirjaa, jossa ohje olisi ollut. Jätin yhteystietoni tietopalvelun informaatikolle. Parin päivän päästä hän soitti minulle, että nyt teille olisi kirjastossa kopio sukan kantapään ohjeesta. Voiko palvelu tästä enää parantua? Niin pääsin neulomaan ja oppimaan uuden taidon!

JUHA KIVELÄ

Elämäni kirjastot

Elämäni ensimmäinen kirjasto oli luultavasti Turun lasten ja nuorten kirjasto Vanhan suurtorin laidalla, lähellä parveketta, jolta joulurauha julistetaan. Isäni, innokas kirjastoihminen, kuljetti minua sinne jo tarhaikäisenä etsimään uutta aineistoa iltaisiin lukuhetkiin. Ääneen lukeminen lopetettiin pian sen jälkeen, kun isä havaitsi silmieni seuraavan sivuilla olevaa tekstiä omassa tahdissaan. Viisivuotiaana olin jo täysiverinen lukutoukka.

Seitsemänvuotiaana aloitin koulun ja samalla myös omatoimiset kirjastovierailut. Ensimmäinen "oma" kirjastoni sijaitsi Turun Varissuolla, jossa perheemme tuolloin asui. Varissuon kirjasto sijaitsee alueen sydämenä toimivan ostoskeskuksen, Itäkeskuksen, yhteydessä. Itäkeskuksesta tai sen lähettyviltä löytyivät melkein kaikki tuolloisen elämänpiirini keskeiset elementit: koti oli puolen kilometrin päässä, koulu sadan metrin päässä ja ostoskeskuksen ruskeiden tiiliseinien sisältä löytyivät niin kauppa, kioski, hammaslääkäri kuin antikvariaattikin, jonka hinkuen hengittävä omistaja Lasse antoi minulle aina markan tai pari alennusta ostamistani sarjakuvista eikä pahastunut, vaikka selailin kauppatavaraa tunninkin kerrallaan.

Itse kirjasto on oma, erillinen kokonaisuutensa, jossa on monipuoliset valikoimat kahdessa kerroksessa. Suuret ikkunat ja vaaleat värit tekevät kirjastosta valoisan ja viihtyisän tavalla, jollaista ei ehkä osaisi odottaa suurlähiön harmahtavan yleisilmeen keskellä. Vaelsin kirjastoon monta kertaa viikossa tutkimaan hyllyjä ja istuin pitkiä aikoja lukupöytien ääressä kahlaten läpi kaikkea vähänkin mielenkiintoiselta tuntuvaa *Viisikko*-kirjoista Mauri Kunnaksen *Nyrok City* -sarjakuviin.

Välillä myös lainasin kirjoja, vaikka en niin suurella innolla kuin myöhemmin. Tuohon aikaan kirjastossa käytettiin vielä pahvisia lainauskortteja, jotka leimattiin palautuspäivämäärällä ja sujautettiin kirjan takasisäkanteen liimattuun taskuun. Kirjat piti palauttaa oikealla kortilla varustettuna siihen kirjastoon, josta ne oli alun perin lainattu. Nämä käytännöt aiheuttivat minulle sittemmin suuria murheita ja kymmenien, ellei satojen, markkojen edestä sakkoja.

Kun olin siirtymässä kolmannelle luokalle, perheemme muutti muutaman kilometrin päähän Hannunniitun alueelle. Minun oli uuteen kouluun, ympäristöön ja kaveripiiriin totuttelun lisäksi löydettävä myös uusi kirjasto.

Uudessa koulussani vieraili viikoittain kirjastoauto, jonka ahkeraksi käyttäjäksi opin nopeasti. Kirjastoauton saapuessa palautin aina ensin sylillisen kirjoja ja siirryin sitten tutkailemaan valikoimaa edeten järjestelmällisesti läpi itselleni mieluisat hyllykohdat. Pidin erityisesti sarjakuvista – lainasimme ahkerasti katonrajaan sijoitettuja aikuisten sarjakuvia, joita säilytettiin pulpetissa ja hihiteltiin muiden poikien kanssa välitunneilla – ja kauhukirjallisuudesta.

Suosikkini oli Stephen King, jonka tuotantoa kävin läpi liukuhihnatahdilla. Muistan edelleen, kuinka luin lähes 500-sivuisen *Pimeä puoli* -teoksen kokonaisuudessaan yhden päivän aikana: saavuin koulusta kotiin kahden aikoihin iltapäivällä, asetuin sohvalle, avasin kirjan ja suljin sen iltakahdeksalta. Näihin aikoihin tutustuin myös ensimmäistä kertaa Kingin *Ruumis*-pienoisromaaniin, joka on epäilemättä useimmin lukemani tarina. Luin sen valehtelematta kymmeniä kertoja ala- ja yläasteen aikana. Ainakin kerran tiputin kirjan vahingossa yhteen suosikkilukupaikoistani, kylpyammeeseen. Tapaus palasi mieleen useampaan kertaan, kun lainasin kirjan uudelleen ja näin kastumisen jäljiltä aaltoileviksi muuttuneet sivut.

Yksi mieleenpainuva kirjastoautomuisto liittyy ystävääni Villeen, joka oli hyvä lainaamaan kirjoja mutta huono palauttamaan niitä. Eräänä päivänä Ville sai kuulla, että hänen myöhästymismaksujensa kokonaissumma lähenteli kahtatuhatta markkaa.

Hän lähti kirjastoautolta vedet silmissä, mutta sai sittemmin sakot anteeksi. Siististi päällystettyjä *Lucky Luke* -albumeita näkyi Villen lapsuudenkodissa vielä vuosia myöhemmin, kun huonotapainen lainaaja oli jo vuosia asunut muualla Suomessa. Mietin aina, että olisi ne kyllä ollut kohteliasta palauttaa, mutta luultavasti niteet olivat poistuneet järjestelmistä ajat sitten.

Kirjastoauton huonona puolena oli valikoiman rajallisuus. Vanhempani lähtivät aina silloin tällöin autolla käymään vanhoille kotikulmille, ja käytin monta kertaa hyväkseni tilaisuuden vierailla entisessä vakiokirjastossani. Se ei kuitenkaan riittänyt, joten suuntasin polkupyöräni entistä useammin noin kymmenen minuutin päässä sijaitsevalle Nummen kirjastolle.

Nummen kirjasto ei ole ulkoa päin kovin houkutteleva: harmaa, laatikkomainen rakennus, jonka katolla on suuri KIRJASTO-kyltti ja toisessa päädyssä baari, jota voi kuvailla lähinnä räkäläksi. Silti vietin kirjastossa lukemattomia tunteja. Ahmin kirjoja entistä suuremmissa erissä ja sain lopulta tietää, että yhdellä asiakkaalla voi olla kerralla korkeintaan viisikymmentä lainaa. Eräs ystäväni kertoi minulle vastikään, että oli kerran ollut seuranani Nummessa ja seurannut sekä ällistyneenä että kateellisena, kuinka kävin hyllyjä läpi ja selostin kaikista lukemistani kirjoista.

Iän myötä minulla oli yhä useammin asiaa keskustaan, jossa sijaitsi myös Turun pääkirjasto mahtavine valikoimineen. Tupakkatehtailija Fredric von Rettigin kaupungille vuosisadan alussa lahjoittama kirjastorakennus oli komea, mutta jo 1990-luvulla sen tilojen puutteista puhuttiin turkulaismediassa ahkerasti. Raskaat tammiovet, kierteiset kiviportaat ja korkealla kulkevat ikkunat tekivät silti kirjastosta tunnelmallisen tavalla, jota 70- tai 80-luvuilla rakennetut kulmikkaat lähiökirjastot eivät tavoittaneet. Jylhä rakennus sai lopulta arvoisensa seuraajan pari vuotta sitten, kun arkkitehtuuristaan palkittu uusi pääkirjasto avattiin Turun keskustaan.

Useamman kirjaston yhdistelmä takasi, että lukemista riitti. Siitä oli kuitenkin myös omat ongelmansa: monesta suunnasta kerätty saalis lojui useimmiten yhdessä sekamelskaisessa pinossa, eivätkä lainauskortit läheskään aina olleet oikeassa taskussa tai ylipäätään löydettävissä. Niinpä minua verotettiin toistuvasti niin kadonneista korteista kuin väärään kirjastoon palautetuista niteistä. Kerran jouduin korvaamaan kokonaisen kirjan, jota en yksinkertaisesti löytänyt toistuvista etsinnöistä huolimatta. Se tuli sittemmin vastaan notkuvan lehtipinon keskeltä, mutta tässä vaiheessa maksun aiheuttama kirpaisukin oli jo hellittänyt.

Elämäni helpottui merkittävästi, kun sekä pahviset lainauskortit että velvollisuus palauttaa niteet alkuperäiseen lainauskirjastoon poistuivat vuosien varrella. Kirjojen viivakoodit luettiin lainaustiskillä ja suriseva lämpökirjoitin tulosti kuitin, josta palautuspäivät näki selkeästi.

Aivan kaikki pulmat eivät poistuneet: kerran jos toisenkin sain huomata, että sängyn alla lojui valtava pino palautuspäivää lähestyviä lainakirjoja. Muistan yhä, kuinka kerran yläasteiässä sulloin kokonaisen muovikassin täpötäyteen kirjoja, köytin sen pyörän tarakalle "mustekalan" avulla ja lähdin polkemaan kohti pääkirjastoa. Kiinnitykset pettivät pyörätiellä Åbo Akademin päärakennuksen kohdalla ja kirjat levisivät pitkin maata. Vanhempi mieshenkilö auttoi minua keräämään kirjat ja katsoi samalla ihmetellen teini-ikäistä jolppia, joka kaikesta päätellen piti todella paljon lukemisesta.

Vuosien varrella poikkesin muutamaan otteeseen myös Turun kirjastojen ulkopuolelle, kun kaipasin lukemista mökillä vietettyjen viikkojen ajaksi. Uudenkaupungin kirjasto teki vaikutuksen moderniudellaan, mutta jäi silti kakkoseksi varsinaisen mökkikuntamme Pyhämaan kyläkirjastolle. Puutalossa kirkonkylällä sijainneen kirjaston valikoimat eivät olleet ihmeelliset, mutta tunnelma ja kirjastonhoitaja Salmen ymmärtäväinen asenne myöhästeleviin lainoihini ansaitsivat sympaattiselle pikkukirjastolle paljon pisteitä.

Eniten vietin silti aikaa Nummen kirjastossa, joka säilytti asemansa ykköskirjastonani vuosien ajan. Se palveli ala-asteelta yläasteelle, sieltä lukioon ja edelleen opiskeluvuosiin, jotka asuin Ylioppilaskylässä – sopivan lähellä kirjastoa. Opiskelija-asunnon mukanaan tuoma kiinteä verkkoyhteys ja kirjaston verkkopalvelun kehittyminen helpottivat elämääni merkittävästi: kun lainat sai uusittua verkossa, myös velkasaldo pysyi aisoissa eikä masentavia valkokuorisia karhukirjeitä enää tipahdellut postiluukusta entiseen malliin.

Vuonna 2005 lähdin Turusta töihin Helsinkiin. Muutos vaikutti myös kirjastokäyttäytymiseeni: vakituinen työsuhde ja suosiotaan jatkuvasti kasvattaneiden nettikauppojen edulliset hinnat toivat vapautta hankkia yhä useammat kirjat (ja levyt, pelit ja elokuvat) omaksi lainaamisen sijaan. Toki aina välillä asioin myös kirjastossa – enpä tiedä, olisinko muuten edes eksynyt vaikka Itäkeskuksen suuntaan – mutta en lainkaan samalla tavalla kuin ennen.

Vasta viime aikoina olen jälleen alkanut käyttää kirjaston palveluja innokkaammin. Syy on osin käytännöllinen: kun yksiö alkaa täyttyä vaappuvista kirjapinoista, on aiheellista pohtia, miten välttämättömiä uudet ostokset oikeastaan ovat. Useimpien kirjojen kohdalla kuitenkin kertaluku riittää, niin paljon kuin lukemisesta pidänkin. Ja usein kiinnostavakin uutuus on järjellisessä ajassa lainattavissa, vaikka huippu-uutuudet toki houkuttelevatkin melkoisia varausjonoja.

Kallion kirjasto on vakiinnuttanut asemansa nykyisenä ykköskirjastonani. Remontin myötä jyhkeä kivikirjasto on astunut entistä vankemmin nykyaikaan. Lainausautomaatit mahdollistavat täydellisen itsepalvelun ja palautetut kirjat sujahtavat liukuhihnaa pitkin automaattisesti eteenpäin. Haettu kirja löytyy nopeasti ja vaivattomasti yhdellä lukuisista tietokoneista. Varaukset ja lainan uusimiset voi hoitaa verkossa kirjastoon polkemisen sijaan ja ilmoitus varauksen saapumisesta saapuu sähköpostilla eikä kirjekuoressa.

Pahvikorteista on tultu pitkälle, mutta kirjaston viehätys perustuu edelleen samaan asiaan kuin aina: saman katon alla on miljardeja sanoja, tuhansia tarinoita, loputtomasti polkuja joille lähteä. Omalla kortillasi saat lainata niistä minkä tahansa ja viedä sen kotiin, kunhan palautat sen (ainakin osapuilleen) ajoissa.

Siksi uskon, että kirjastot tulevat säilyttämään asemansa osana elämääni myös jatkossa. Kenties saan jonain päivänä seurata vierestä, kuinka omat lapseni valitsevat hyllystä uutta lukemista illan satuhetkeä varten.

Olen tätä kirjoittaessa valmistautumassa muuttoon Helsingistä Tampereelle, jossa tulen viettämään syksyn opiskelun merkeissä. Odotan mielenkiinnolla, millainen on elämäni seuraava kirjasto.

KATJA KONTTURI

Kuulin kirjojen kutsun

Kuiskuttelu alkoi, kun olin seitsemän.
Se oli ensin hädin tuskin kuultavaa. Sen tunsi kutittelevan korvanlehtiä hellästi kuin kesäinen tuuli. Sitten se voimistui, otti alleen lisää tuulta. Aloin erottaa sanoja. Mutten vielä ymmärtänyt, mistä oli kyse. Se oli liian satunnaista kiinnittääkseen huomioni.
Mutta se alkoi silloin, kun astuin Autoon ensimmäisen kerran.
Se ajoi ala-asteemme pihaan joka toinen keskiviikko. Se ei ollut merkinnyt minulle mitään, ennen kuin opettajani talutti minut sen sisälle. Ehdin nähdä vilauksen valtavan bussin sisätiloista, jonka seiniä hyllyt täyttivät, kun olin taas ulkona. Luokkaan pääs-tyämme opettaja antoi minulle paperin. Siinä kyseltiin kaikkea. Kuka minä olin ja missä minä asuin. Opettaja pyysi minua viemään paperin äidille, että hän täyttäisi sen minun kanssani.
Täytin paperin itse siinä opettajan kanssa. Olen Katja ja asun Sammalvaarassa. Annoin paperin opettajalle ylpeänä ja unohdin koko jutun.
Meni muutama viikko, sitten Auto palasi. Opettaja talutti minut taas sisälle. Rappuset olivat korkeat nousta. Siellä oli nuori mies, joka hymyili ja tervehti minua nimeltä. (Kotona äiti kertoi, että mies oli serkkuni, joka ajoi Autoa. Olin sitä mieltä, että se oli melkein paras ammatti.)
Tämä mies antoi minulle vaaleanpunaisen kortin, jossa luki oma nimeni ja osoitteeni, juuri niin kuin olin ne kirjoittanut. Kortti oli muovitaskun sisällä ja näytti jotenkin viralliselta.
Mies kertoi, että tällä kortilla saisin aina Auton tullessa käydä lainaamassa sieltä niin paljon kirjoja kuin haluaisin. Minulla piti vain olla tämä kortti mukana ja kirjoittaa siinä oleva luku kirjan

takana olevaan korttiin. Silloin tiedettäisiin, että kirja olisi minulla. Ja kun olisin lukenut kirjan, toisin sen takaisin ja lainaisin uuden.

Tuijotin korttia suu auki ja käännyin ensimmäistä kertaa katsomaan taakseni. Auton seinät olivat täynnä Kirjoja. Niitä oli ainakin kymmenen, ehkä jopa sata kertaa enemmän kuin kotona kirjahyllyssä.

Kuiskaus hiveli korviani ja tällä kertaa kuulin selvästi sanoja. *Tule Katja. Me odotamme.*

Käännyin takaisin miehen puoleen ja vilkaisin taas vaaleanpunaista korttiani. 1750. Tuo maaginen lukusarja olisi avaimeni Auton Aarreaittaan. Nostin katseeni ja hymy nosti poskipääni korkealle. Paratiisi oli avannut porttinsa minulle ja portin ovikoodi oli 1750.

Opettajan piti jo hieman toppuutella, kun kannoin tiskille niin valtavan pinon kirjoja, että tuskin näin sen takaa yhtään mitään. Ettenkö muka ehtisi lukea niitä? Opettaja ei selvästikään tiennyt, mitä kotona tein.

Viikon paras päivä koitti joka toinen keskiviikko. Näinä päivinä reppuni pursui uusia maailmoja ja opettaja kävi jo äitini kanssa keskustelua, onko tämä varmasti hyvä idea. Miksei olisi, äiti oli vastannut. Katja lukee joka ikisen kirjan. Joskus jopa kahteen kertaan.

Ja niinhän minä teinkin. Kun kaikki lastenkirjat oli jo kotona kaluttu läpi, olin kaivannut uusia tarinoita. Kirjastoauto toi minulle niitä. Löysin *Viisi pientä hevosta* ja *Vesilohikäärmeen.* Luin ne molemmat ainakin viisi kertaa. Löysin *Tuiskun* ja sitten *Tiinat.* Tiina oli vähän tyhmä, joten hylkäsin sen ja tutustuin *Neiti Etsivään.* Neiti Etsivä ei ollut tyhmä, vaan tosi fiksu. Minäkin halusin olla niin kuin Paula Drew. Ilmoitin äidilleni haluavani etsiväksi. Sain joululahjaksi sormenjälkisetin ja uusimman *Neiti Etsivän.*

Kuiskuttelu jatkui. Kävin läpi kirjastoauton hyllyjä lähes riveittäin. Ahmin teoksia, jotka kuiskivat minulle: *lue minut. Pidät minusta varmasti.* Niin tekivät myös Merja Jalon kirjat. Autosta lähti mukaan melkoinen kasa *Nummelan ponitalleja*, vaikka en ollut ikinä ratsastanut. Mutta ne hepat olivat niin ihania. Tai ehkä ne olivatkin ihania vaan siksi, koska kaikkien muidenkin tyttöjen mielestä asia oli niin. Oikeasti minua kiinnostivat enemmän ne seikkailut ja se jännitys, minkä Merja Jalo kirjoihin oli kirjoittanut. Siksihän luin *Neiti Etsiviäkin*.

Kerran uusi yläluokan opettaja kysyi, mistä olin kotoisin. En kuulemma puhunut niin kuin muut. Ihmettelin sitä kovin. Omasta mielestäni puhuin ihan normaalisti. Myöhemmin minulle selvisi, että ahmimani kirjat olivat kuiskutellessaan tartuttaneet minuun mä-taudin. Mä sitä, mä tätä. Ja kun meillä päin ei niin puhuttu, niin jo opettajakin pani sen merkille. Työnsin pikku hiljaa mät ja sät takaisin kirjojen kansien väliin eikä siitä enää keskusteltu.

Neljä vuotta olin raapustellut maagista numerokoodiani kirjaston kirjojen takakansikortteihin, kun tajusin, ettei minusta koskaan tule uutta Paula Drew'tä Paula Drew'n paikalle. Menin koulusta kotiin ja ilmoitin äidille topakasti, että minusta tulee Kirjailija.

En ymmärtänyt, miksi en ollut tajunnut tätä asiaa aikaisemmin. Minähän keksin koko ajan uusia tarinoita. Ainekirjoitustunnit olivat parasta mitä tiesin. Lukeminen oli myös parasta mitä tiesin. Totta kai minusta piti tulla kirjailija! Minäkin halusin kirjoittaa yhtä hyvin kuin Carolyn Keene ja Merja Jalo ja Tuija Lehtinen, johon olin vasta törmännyt, ja ne kaikki tuhannet muut Auton hyllyissä.

Niinpä aloin harjoitella tosissani. Kun historiantunnilla tutustuimme atsteekkeihin ja mayoihin, minä lähdin koulun jälkeen äidin kyydissä kylän isoon, oikeaan Kirjastoon, jonka olemassaolo minulle oli selvinnyt jokin aika sitten. Siellä minä vaeltelin hyllyjen välissä ja etsin lisää tietoa Väli-Amerikan muinaisista intiaanikansoista ja kirjoitin sitten yhden ainevihkon mittaisen tarinan siitä, miten luokkatoverini ja minä matkasimme atsteekkien aikaan juuri, kun Cortez oli hyökkäämässä pääkaupunki

Tenochtitlániin. Tarina saavutti niin suuren suosion, että tein sille myös jatko-osan. Molemmat luettiin luokassa ääneen ja minä paistattelin ylpeänä kaiken huomion keskipisteenä. Olin kaksitoista ja päättänyt, mitä teen tulevaisuudessa.

Teinivuosina *Neiti Etsivät* saivat jäädä. Olin yrittänyt soluttautua myös *Mystery Clubin* maailmaan, mutta kun aloin keksiä aivan kirjojen alussa, kuka teki mitä ja kenelle ja minkä vuoksi, ja että salakäytävä on taatusti takassa, hylkäsin ikäisteni tyttöjen maailman ja siirryin oikeiden mysteerien eteen. Tapasin pienen belgialaisen herrasmiehen, jolla oli vahatut viikset ja munanmuotoinen pää ja ihastuin ensi näkemältä. Hän oli oikea nero pienine harmaine aivosoluineen, eikä hänen kanssaan aika käynyt pitkäksi, kun selvitimme yhdessä lukittujen ovien takana tehtyjä murhia tai matkasimme pitkin Niiliä murhaajan perässä.

Tajusin samalla, että herra Poirotin myötä olin tehnyt hyppäyksen nuorten osastolta aikuisten maailmaan. Ymmärsin, että ne muutamat hyllyt, jotka oli varattu lasten ja nuorten kirjallisuudelle, olivat vain murto-osa siitä määrästä, mikä oli varattu aikuisia varten. Olin astunut vielä syvemmälle paratiisiin, jota kansoittavista kirjahyllyistä kuulin vaimeita kutsuhuutoja.

Kirjasto esitteli minulle Kingin. Kun pikkusiskot pulikoivat järvessä ja äiti poltti nahkaansa auringossa, minä istuin mökin varjossa kaikki ihokarvat taivasta kohti sojottaen ja pelkäsin pahaa hotellia, jonka seinillä luki AHRUM. Minä pelkäsin viemäreissä asuvaa pelleä ja usvaa, joka ympäröi kaupungin tyhjästä. Pelkäsin outoja olentoja, ihmisten sekoamista ja metsälampea, jossa asui öljyläikän näköinen peto, joka söi uimaan tulleita teinejä. Minä pelkäsin ja luin lisää. King kuiski minulle hyllystä. *Pelkää minua. Haluat pelätä.* Ja minä tottelin.

Kauhu oli portti fantasiaan. Silloin vasta löysin itseni ja paikkani kirjastossa. Vaikka minun pitikin lukea niitä pakollisia "järkeviä" teoksia, harhaudduin Mika Waltarista lohikäärmeiden, haltioiden ja velhojen maailmaan. Aloitin kuitenkin kevyesti Eddingsillä. Luin kertomuksen Belgarionista ja tutustuin fantasian klassiseen kaavaan. Kirjasto murjotti ja yritti tarjota minulle jotain parempaa. Se tiesi, mitä hain, mutta en ollut vielä valmis ottamaan askelta Sinne ja takaisin. Mutta kun kirjasto tyrkytti minulle kolmatta kertaa viime vuosisadan tärkeintä teosta, sain sen lopulta luettua. Olin löytänyt suuruuden. Olin löytänyt neron. Olin löytänyt englantilaisen professorin, kirjailijan ja filologin, jonka luovuuteen halusin yltää.

Olin tullut kotiin.

Hobitit huutelevat minulle yhä, että milloin lähdemme taas matkalle Keski-Maan halki. He ovat kärsivällisiä, sillä minä palaan aina.

Kirjasto oli minun olohuoneeni ja taukopaikkani, jossa pitkän koulupäivän jälkeen söin kenenkään valittamatta eväitäni, tein tehtäviäni ja odotin joko äidin pääsyä töistä tai näytelmäharjoitusten alkua. Lueskelin ajan kulukseni Aku Ankkoja ja muita sarjakuvia, omin itselleni nurkkauksen mukavimman pöydän ja levittäydyin sille. Kirjasto laski minut sisälleen antaen minun tutkia niitä lukemattomia maailmoja, joita hyllyt pitivät sylissään. Se tiesi, että tämä tyttö oikeasti kuunteli kuiskauksia, tarttui niihin ja etsi kuiskuttelijan käsiinsä.

Joskus kuiskauksiin vastaaminen oli jopa hieman noloa. Parhaimmillaan selasin muka kiinnostuneen nuorten hyllyjen tarjontaa, mutta todellisuudessa kurkin lastenosastolle ja odotin, että esiteini-iässä olevat pikkutytöt olivat häipyneet sarjakuvahyllyltä. Sitten hiippailin äkkiä samalle hyllylle, vilkuilin ympärilleni ja kun kukaan ei huomannut, nappasin mukaani uusimman W.I.T.C.H.-lehden. Enää minua ei niin nolota mennä kaupunginkirjaston lastenosastolle lukemaan tätä nuorten tyttöjen suosimaa mangavaikutteista sarjakuvaa, mutta sarjan alkuaikoina tunsin olevani yli-ikäinen ja epänormaali. Kuka kaksikymppinen muka oikeasti luki W.I.T.C.H.iä? Mutta en mahtanut sille mitään: viisi erilaista teinityttöä, jotka saivat kyvyn muuttua keijukaismaisiksi vartijoiksi, joiden tehtävä oli suojella maailmojen välistä kudosta. Se oli silkkaa fantasiaa! Ja vielä varsin mukavasti piirrettyä sellaista. En voinut vastustaa Willin, Irman, Taraneen, Cornelian ja Hay Linin kuiskauksia. Heidän seurassaan viihdyn edelleen, vaikka ikäni lähentelee uhkaavasti jo kolmeakymmentä.

Minun ja Kirjaston suhde vain syveni, kun pääsin lyhyeksi ajaksi kirjastoon kesätöihin. Palvelin muita kirjojen suurkuluttajia lainaus- ja palautustiskillä, hyllytin kirjoja ja jopa muovitin niitä takahuoneessa. Kun eräs rouva tuli tiskilleni kysymään pojalleen Star Warsin kuvitettua opasta, pystyin suoralta kädeltä sanomaan, että teos löytyy, mutta se on lainassa. Olin nimittäin itse etsinyt kyseistä kirjaa samaisena aamuna.

Kirjasto ei tuntunut lainkaan työpaikalta. Olisin voinut viettää siellä koko päivän valmistelemassa uutuuksia lainattaviksi lisäämällä niihin viivakooditarrat ja kontaktimuovipinnan. Minulle olisi riittänyt pelkkä hyllyjen järjesteleminen. Ei se ollut työtä, se oli puhdasta nautintoa. Kosketella uutuuttaan kiiltäviä opuksia, tai jo useita vuosikymmeniä palvelleita teoksia ja asettaa ne takaisin omalle paikalleen odottamaan seuraavaa innokasta lukijaa.

Aakkostan edelleen pakonomaisesti myös koko oman henkilökohtaisen kirjastoni.

Vain pari viikkoa sain viettää aikaa Kirjaston viileissä takahuoneissa ja valtavien kirjahyllyjen välissä. Olin kovin pettynyt, etten voinut kuluttaa koko kesääni kirjojen parissa, kun työsopimukseni päättyi. Päädyin suu mutrussa takaisin kotiin, mutta vein mukanani valtavan kirjapinon uutuuksia. Tällöin harkitsin hetken kirjastotädinkin uraa. Mutta vain harkitsin.

Ensimmäisestä kosketuksestani Kirjastoauton maagiseen maailmaan on nyt 20 vuotta. Siinä ajassa kirjastokorttini Ilomantsin kunnankirjastoon on vaihtunut kolme kertaa, ensin keltaiseen laminaattiin, sitten valkoiseen. Olen kerännyt sille myös tovereita Joutsenon, Joensuun, Tampereen ja Jyväskylän kirjastokorteista. Minulla oli myös puoli vuotta kestäneen vaihto-opiskelijakauteni ajan englantilainen kirjastokortti Carlislen kaupunginkirjastoon, mutta siitä minun piti luopua muuttaessani takaisin Suomeen. Se hieman harmitti, vaikka en kuitenkaan pitänyt siitä yhtä paljon kuin sen suomalaisista tovereista. Carlislen kortti oli nimittäin hieman snobi ja halusi maksun aina, kun sillä lainasi jotain muuta kuin tavallisia kirjoja.

Kaikkien näiden vuosien ja korttien jälkeen muistan edelleen sen ensimmäisen numerosarjan: 1750. Se avasi portin ja päästi minut toiseen maailmaan. Se maailma kuiskuttelee minulle edelleen ja minä vastaan sille. Ja koko ajan toivon, että jonain päivänä voisin kirjoittaa itse jotain niin hienoa, että se päätyisi syrjäisen kirjastoauton hyllyyn, josta joku innokas lapsi sen lukisi ja tietäisi tulleensa kotiin.

MAIJA NISKANEN

Kirjaston merkitys elämässäni

Lainaustiskin takana kuulen Mäntyharjun kirjastovirkailijan supisevan kolleegalleen: "Maijalle meidän tulisi hankkia 'Ahkeran esimerkillisen kirjaston käyttäjän diplomi'." Höristelen korviani: Kuulinko oikein? Mitä, minulleko moinen kunnia? Ei varmaankaan, kuulin väärin.

Lapsuuden pieni sivukylän kirjasto

Kotikylässäni Pohjois-Savossa 50-luvulla Tuovilanlahden Nuorisoseuran talossa oli Maaningan kunnankirjaston sivupiste. Virallisesti avoinna sunnuntaisin iltapäivällä pari tuntia. Epävirallisesti saattoi poiketa kirjastoon koska tahansa, jos vain Akseli tai Martta, talonmiespariskunta, oli kotona. Ystävällisesti he avasivat kirjastohuoneen pariovet isolla avaimella. Vanhojen kirjojen tuoksu tulvahti tervetulotoivotukseksi vastaan.

Akseli oli menettänyt toisen kätensä. Siinä oli liikkumattomana kankea pelottava proteesi, aina sama nahkahanska päällä. Kuinkahan Akseli oli menettänyt kätensä? Sodassa? Sitä en voinut kysyä häneltä itseltään enkä omilta vanhemmiltani. Se oli Akselin täysin omaa aluetta eikä sille voinut tunkeutua. Menetys oli varmasti satuttanut kipeästi niin psyykkisesti kuin fyysisesti.

Mielikirjailijani oli Aino Räsänen. Hän tuntui melkein perhetutulta. Aino asui ja kirjoitti samassa kunnassa, eri kylällä tosin. *Helena*-sarja oli kevyttä, harmitonta viihdettä.

Keskikoulu- ja lukioaika

Lähin keskikoulu oli naapurikunnassa, Pielavedellä. Keskikouluun päästäkseen piti käydä läpi kaksipäiväiset tutkinnot. Syksyllä koulu alkoi uudessa ympäristössä, pieni kyläkoulu jäi. Viikot täytyi asua Pielavedellä "koulukorteerissa". Lauantaisin oli lyhyt koulupäivä. Iltapäivisin sitten ajettiin haisevalla postiautolla tunnin verran huonokuntoista hiekkatietä kotiin ja saunaan.

Pielaveden kunnankirjasto oli korteeriani vastapäätä, tien toisella puolella, suuren kansakoulun tiloissa. Iltaisin istuin siellä usein lukemassa lehtiä. Olin myös ahkera tyttökirjojen lainaaja.

Suomen tunneilla luimme klassisia yleissivistykseen kuuluvia kirjallisuutemme helmiä. Keskikoulun yläluokilla jouduimme pitämään suomen kielen opettajamme Pekka Eteläahon meille osoittamasta kirjasta esitelmän luokan edessä. Aluksi lyhyt tietoisku kirjailijan elämästä, sitten kirjan juoni tiivistettynä, mahdollinen arvostelu ja tyylinäyte tekstistä. Minun osalleni tuli Joel Lehtosen *Putkinotko*. Ehkä siksi, että vanhemmillani oli maalaistalo, tosin suurempi ja paremmin hoidettu ja lapsiakin, vaikka ei yhtä paljon kuin Putkinotkossa, arvelin. Näytteeksi olin tietämättäni valinnut *Putkinotkosta* tekstikohdan, jota esitettiin Helsingissä Kansallisteatterissa. Taisin siitä saada lisäpisteitä.

Maankuulu lausuja Yrjö Jyrinkoski kävi Pielaveden yhteiskoululla esittämässä suomalaisten runoilijoiden tuotantoa. Runoja, joita olin itsekin lukenut kirjastosta lainaamistani kirjoista ja kuunnellut mielenkiinnolla radiosta.

Aikuisena

Helsingin Richardinkadun kirjasto on kotiani lähinnä oleva kirjasto. Se on kuin suuri toimiva koru, ihanan vanhanaikainen sokkeloinen, mutta samalla puhtaan moderni palveluiltaan. Lehtisalissa olen lukenut lehtiä, lainannut ja kaukolainannut kirjoja ja kielikasetteja ja järjestänyt ystävättäreni taidenäyttelyn, eli käyttänyt melkoisen määrän kirjaston palveluja.

Kuitenkin lähimpänä sydäntäni on kakkoskotini Mäntyharjun kunnan pääkirjasto. Sieltä lainasin lastenkirjoja lukeakseni niistä satuja lapsilleni. Jo varhain vein lapseni satutunneille keskiviikkoisin. Satutunnilta lapsi sai aina "kiiltsikan" liimattavaksi satutuntivihkoon. Vihkot ovat edelleen tallessa muistojen laatikossa, yli 30 vuotta.

Vanhempi tyttäreni, nyt suomen kielen ja kirjallisuuden maisteri, on edelleen mainio kirjallisuuden ystävä ja väsymätön lukija. Hän oppi lukemaan 5-vuotiaana. Löysin hänet kerran 8-vuotiaana lukemasta sähkölampun valossa peiton alla sängyssään, kun tarpeellisista yöunista huolehtivana äitinä olin jo toivottanut hyvät yöt ja sammuttanut sähköt.

Kuinka olisin voinut olla vihainen lapselleni, kun itsekin syyllistyn samaan syntiin, lueskelen yömyöhällä, vaikka unta tarvitsisi seuraavan työpäivän hallitsemiseksi.

Kirjaston runoilloissa olen tuntenut olevani tärkeä ja yhteisöllinen henkilö. Monet osallistujat halusivat lausua mielirunonsa pienelle runoudesta kiinnostuneelle yleisölle. Se oli erikoista ja ihanaa. Mäntyharjun kirjasto palvelee erinomaisen hyvin myös kesäasukkaita. Monet mökkiläiset mainitsevat kirjaston mielipaikakseen kesämökkipaikkakunnallaan. Kirjaston näyttelyhuoneessa olen järjestänyt näyttelyitä suomalaisesta taidekäsityöstä. Näyttelyhuone on vuokrattavissa kuukaudeksi kerrallaan. Varausvihko menee jo marraskuussa 2011. Esillä on ollut akvarelleja, öljyväritöitä, käsitöitä; melkein mitä vain paikkakunnan harrastuspiirien mukaan. Ahkeria näytteilleasettajia ovat myös mökkiläiset ja lähikuntien, esimerkiksi Mikkelin, asukkaat.

Elämääni ilman kirjastoa en voisi kuvitella.

Kaikki elämäni kirjastot

Lapsuudenkodissani kirjoja säilytettiin lasiovisessa kaapissa, joka sijaitsi lämmittämättömässä nurkkakamarissa: kotimaisia klassikoita, sekalaisia tietokirjoja sekä uskonnollista kirjallisuutta. Repaleiseksi oli luettu ainoastaan Waltarin *Sinuhe, egyptiläinen.* Kulkukauppiaalta hankitun tietokirjasarjan keinonahkaisella selkämyksellä kullatut roomalaiset järjestysnumerot juoksivat yhdestä kahteentoista. Kuljetin etusormeani kevyesti niitä pitkin.

Se oli ensimmäinen kirjastoni. Hiivin tutkimaan sen antimia, kun vanhemmat viipyivät navetassa. Aamulla makasin tekemieni löytöjen kanssa petaamattomalla sängyllä ja uppouduin lukemaan Canthia, Jotunia, Kiveä ja Linnankoskea. Lakanat sängyssä olivat joko beiget tai valkoiset. Ne olivat puhtaita kirjoituksesta, mutta täynnä unen näkymättömiä merkkejä, kuin hieroglyfejä.

Kirjastoautoon noustessa piti kiivetä pari jyrkkää askelmaa ja tunkeutua keskelle muutaman neliömetrin kokoista, täyteen ahdettua tilaa. Rapistuneen ajoneuvon sisuksia kiersi kolmella seinällä tummapuinen hyllystö. Joka ainoa millimetri notkui kirjoja, ohuita ja paksuja, värittömiä ja värikylläisiä. Päällystämättömän kylätien tuntumassa olevalla pysäkillä eri-ikäiset emännät kampesivat itsensä autoon vaivalloisesti, vaatimattomissa vaatteissaan lehahdus keskenjääneitä kotitöitä. He lainasivat Joenpeltoa, Päätaloa ja Sariolaa. Ujolla kuljettajalla oli polkkatukka, pyöreälinssiset silmälasit ja silittämätön maripaita. Kuljettaja nauroi permanenttipäisten naisten tarinoille ja iski eräpäivälappuihin violetteja leimoja yhden toisensa jälkeen.

Kun menin lukioon, kirjastoauton aikatauluja muokattiin torstaisin sen verran, että sain ikioman pysäkin. Koulupäiväni jälkeen auto seisahtui ylimääräisen kerran paluumatkallaan muista havupuiden suojelemista syrjäkylistä.

– Mitä sinä aiot opiskella lukion jälkeen? kuljettaja kysäisi ikään kuin ohimennen.

– Kirjallisuutta, vastasin epäröimättä ja jatkoin Dostojevskin *Idiootin* selailemista.

Kuljettaja näytti hetken mietteliäältä, mutta sitten hän jatkoi: – Katsokin, että opiskelet jotain käytännöllistä siinä ohessa.

Hymähdin itsekseni, enkä vielä tuolloin uskonut häntä.

Ensimmäisen vuoden opiskelijoiden analyysiryhmä kokoontui käytävän perällä sijaitsevassa päätyhuoneessa, joka oli samalla laitoksen kirjasto. Hyllyt olivat täynnä kirjoja, joiden selkämyksiä tutkin ennen kokoontumisen alkua uskaltamatta kiskoa esille yhtäkään pölyisistä opuksista. Kirjastotieteen pääaineopiskelija, joka lyhyiden taukojen aikana pureskeli raakoja porkkanoita, veti tulkintatehtävistä täysiä pisteitä kerran toisensa jälkeen. Olin hänelle kateellinen. Itse olin korkeintaan hyvä, enkä mielestäni välttämättä edes sitä. Oliko jotain olennaista jäänyt minulta väliin, ikään kuin lukematta, sisäistämättä, ymmärtämättä? Enhän ollut lähtöisin mistään kulttuurikodista, joten ehkä podin muihin nähden sen takia lievää alemmuutta.

Joskus paljon myöhemmin törmäsin laitoksen uutteraan assistenttiin paikallisessa Anttilassa. Hän kysyi, mitä kuuluu ja miksen ole enää luennoilla. Samalla hän tutki ostoskoriani, jonka pohjalla lepäsi viikonvaihteen Ilta-Sanomat. Häpesin niin paljon, että punastuin rajusti. Tavaratalon ruokaosasto kylmäaltaineen ei olisi muutenkaan voinut olla kauempana siitä hapettomasta kirjastohuoneesta, jossa kerran erehdyin ehdottamaan, että Ahon lastut olisivat saaneet jäädä kokonaan julkaisematta.

Amerikassa oli kampusalueella sokkeloinen, monikerroksinen antikvariaatti, jonka nimi oli The Book House. Se oli minun kirjastoni, todellinen kirjojen talo. Se oli täynnä iloa ja kauhua, jännitystä ja viihdettä. Löysin Barthin, Faulknerin ja Pynchonin. Kerroksesta toiseen kuljettiin kapeissa, natisevissa portaissa, jotka kuulostivat samalta kuin kuivurin ullakolle johtavat puiset tikkaat kotitilallamme. Kaikki muu olikin sitten vierasta ja jollain tavalla epätodellista: hajut, maut ja värit.

Vieraita olivat myös sanat, lauseiden poukkoileva rytmi ja arvaamattomat loppunousut.

The Book House oli minulle tiedon ja tunteiden keskus, eräänlainen labyrintti, josta saatoin etsiä tuntikausia ulospääsyä. Onnistuminen yllätti minut aina yhtä täydellisesti, paluu pirtelöiden ja paahtoleipien tuoksuiseen todellisuuteen.

Kaikkialla, missä olen elämäni aikana ehtinyt asua, olen hankkinut oman kirjastokortin, mikäli se vain on ollut mahdollista. Korteista on muodostunut osa identiteettiäni, ja minulla on ne kaikki tallella. Kun keskityn tutkimaan kirjastokorttejani, muistan sellaisiakin asuntoja ja huoneita, joita ei enää ole, joissa parhaillaan asuu joku muu. Kadunnimetkin ovat ehtineet jo unohtua sekä lukuisat puhelinnumerot. Muille luovutettujen huoneiden seinät on peitetty tapetilla, johon tallentuu nyt toisenlaisia tarinoita, todisteita jostain vaihtoehtoisesta elämisen mallista – ei enää omastani. Minä en koskaan palaa noihin huoneisiin paitsi ajatuksissani, kirjoittamalla niistä.

Olen ympäröinyt itseni kirjoilla ja niitä on vuosi vuodelta yhä enemmän. Asuntoni jokaisessa huoneessa on kirjahylly tai useampia. Yhdessäkään omistamassani kaapissa ei ole lasisia ovia. Kerran laskin, että kotonani on enemmän kirjoja kuin ehdin loppuelämäni kuluessa lukea, vaikka aikaa olisi jäljellä vielä kokonaisia vuosikymmeniä.

Kun Anne Fried muutti Suomeen vuonna 1969, hän kiinnitti täällä ensimmäiseksi huomionsa kahteen asiaan: hiljaisuuteen ja lumen määrään. Ennen kuolemaansa hän ehti asua maassamme lähes 30 vuotta. Tuona aikana häntä ympäröi hiljaisuuden lisäksi suomalainen kirjallisuus. Erityisen kiinnostunut Fried oli Marko Tapiosta. Fried suhtautui kirjallisuuteen intohimoisesti, koska se oli hänen ensimmäinen rakkautensa. Olen alkanut vähitellen hyväksyä kiertokulun tosiasiat. Kuohuvan ja nopeasti kuluvan elämän aikana ympäröin päivittäin itseni fragmentaarisilla ajatuksilla ja kirjallisuudella, mutta vasta kuolema kietaisee minut omaan sanattomuuteensa, joka lienee jotain lumenkaltaista, rauhoittavaa.

Kaksi kertaa elämäni aikana olen ollut töissä kirjastossa. Muistan erityisesti sen ensimmäisen kerran. Tein silloin lähikaupassa täysiä työpäiviä ja poljin joko aikaisin aamulla tai myöhään illalla kirjastoon auttamaan muutamaksi tunniksi.

Aamuvuorossa olin kirjastossa töissä heti seitsemän jälkeen, eikä paikalla ollut ketään muuta. Rakennuksessa vallitsi syvä, rikkumaton hiljaisuus, kuin kryptassa. Minun tehtäväni oli järjestää hyllyihin edellisenä päivänä palautettuja kirjoja.

Aikuisten osastolla ikkunat olivat niin korkeat, että ne ulottuivat lattiasta kattoon. Noiden ikkunoiden läpi siivilöityi kirkasta, koskematonta valoa, joka tunkeutui hyllyjen väleihin, ehkä myös toisissaan kiinni olevien kirjojen väleihin. Yleensä seisoin liikkumatta vähän aikaa ja ihailin tuota näkymää, lasin läpi hitaasti sisään virtaavaa valoa, kunnes lopulta tartuin ensimmäiseen palautettuun kirjaan ja asetin sen oikealle paikalle, muiden samankaltaisten joukkoon.

PIRJO MAIJALA

Oodi kirjastolle

Muistan vieläkin sen pienen kirjaston
matematiikan luokan vieressä.
Oliko ihme, että askeleeni johtivat mieluummin sinne
kuin oppitunnille.

Sain äidinkielestä kiitettävän
matematiikan numeroa ei kannata mainita.

Muistan ne kaikki ihanat *Viisikot*,
joita ahmin iltakaudet.
Olin pieni ja hoikka ja älykäs.

Serkkutytön kanssa karkasimme kotoa.
Istuin pyörän tarakalla ja pidin serkkutytöstä kiinni.
Jalat hädin tuskin ylettyivät maahan.
Ostimme tomaatteja evääksi
mutta söimme ne jo kirjaston portailla.
Viisikossakin oli karattu.

Keskikoulussa olin jo iso tyttö.
Kirjastokin oli iso ja kiiltävä.
Sieltä puuttui vanhan kirjaston tuoksu.
Kannoin käsivarret venyen kirjakasseja kotiin.
Luin sankareista, jotka vaikeuksien jälkeen saivat
toisensa ja elivät onnellisina elämänsä loppuun.

Olin pieni naisenalku.
Siniset jamekset, jotka piti vetää märkänä selällään maaten jal-
kaan.

Valkoiset tennarit, jotka piti hangata pesupulverivedessä puhtaaksi.
Itse värjätty laamapaita ja sininen nailontakki.
Bongasin kirjastossa poikia.
Kävelin komeimman luokse, tuo kirja tuolla ylhäällä…
aina se toimi.

Lukiossa kirjaston ovi kävi kiivaasti.
Nukahdin historian tunnille
heräsin, kun pää kolahti pulpettiin.
Näin opettajan isot jalat.
Ehdot historiasta, apua! Luokallejäänti!
Kaverit neuvoivat hakemaan kirjastosta tärppejä.
Kirjoitin, miten jotkut hunnit hyökkäsivät johonkin.
Opettaja sanoi, että vie kirjoituksen äidinkielenopettajalle
arvioitavaksi.
Hieno aine, mutta täyttä puppua.
Sain armovitosen ja vapaan kesän.

Asuinko sen kirjastossa?
Sairaanhoitajakoulussa takapenkissä lääkeaineopin tunnilla
kansion välissä oli tietysti kirja.
Hämärästi piirtelin ympyröitä paperin kulmalle
aina kun opettaja katsoi.

Psykiatrian luennoilla mietin hulluutta,
omalla kohdallani eniten.
Kirjastosta etsin kaikki mahdolliset oppaat,
mutta positiivisen ajattelun kirjaa en voinut sietää.
Töissä päihdeklinikalla huolestutti,
diagnoosini oli kirjastoaddikti?

Sitten tuli hamsterikesä.
Istuin kirjastossa tutkimassa lajeja.

Kun lentolakon aikaan hiirihamsterini jäi etelän lentokentälle,
luulin sekoavani.
Joka päivä soitin sinne, antakaa sille edes vettä.

Joskus olen miettinyt, onko kirjaston henkilökunta aivan oma rotunsa.
Kun opiskelin työn ohessa kirjallisuusterapeutiksi
ja aikaa oli vähän,
sain hakea kirjastosta valmiiksi etsityn materiaalin tiskiltä.
Ennen en edes tiennyt kaukolainoista.
Mahdoinko muistaa kiittää?

Vanhemmiten alkoi kiinnostaa elämänkerrat
ja runot.
Mökin vinokaton alla oli kiva lukea dekkaria,
kuunnella sateen ropinaa.
Kirjastosta raahasin matkakirjoja.
Intiassa ymmärsin, että ei tarvitse kiertää koko maailmaa
tajutakseen, että joka paikassa syödään aamupala
vain hiukan eri tavalla.

Tsunamit ja öljykatastrofit sattuvat meille kaikille.

Nyt kirjasto on kuin Norjan tunturit ja vuonot
sinirikko ja Lapin vuokko
kirkko ja rauhanpaikka.
Tuntuu hyvältä, kun kuiskitaan,
sillä häly särkee korvat.

Poistomyynnistä löysin monta aarretta
mutta paras aarre
kirjasto itse

Nyt se on kyläkaupan kupeessa
ja siellä on se.
Tuoksu.

PÄIVI TOLONEN

Lukuinnostukseni alkoi Kotkan kirjastossa

Opin lukemaan viisivuotiaana ja pian sen jälkeen minusta tuli kirjaston vakioasiakas. Kirjasto sijaitsi lyhyen kävelymatkan päässä kotoa, arvokkaasti Kotkan kaupungintalon päädyssä. Aikuisten osasto sijaitsi pohjakerroksessa ja lastenosastolle joutui kipuamaan korkeita, kiiltäväksi vahattuja portaita toiseen kerrokseen. Se maksoi vaivan, sillä lastenosasto oli valoisa ja ikkunoista näki ulos torille. Neljä vuotta vanhempi sisareni muistaa, kuinka tulimme sieltä pois laskemalla pyllymäkeä liukkaita portaita – useampaan kertaan.

Kirjastonhoitajan arvokas pöytä hallitsi pientä lastenosastoa. Se oli asetettu keskellä salia, jotta hän pystyi valvomaan, että asiakkaat käyttäytyivät kauniisti. Kirjastossa uskalsi vain kuiskailla. Jos joku korotti ääntään, laittoi kirjastontäti etusormen suun eteen ja sanoi shhhhh. Vain hänelle sai puhua ääneen. Kun kysyin, missä kohdin hyllyjä jokin kirja sijaitsi, antoi täti koordinaatteja etsinnän tueksi pöytänsä takaa istuen.

– Kolmas hyllyrivi vasemmalta, ylhäältä neljäs hylly, oikeassa reunassa, ei siellä, enemmän vasemmalle...

Siinä vaiheessa oli pieni tyttö jo suunnista aivan sekaisin. Tunsin itseni tyhmäksi, kun en löytänyt kirjaa, kuulivathan ja näkivät kaikki muut kirjastossa olijat epätoivoisen etsintäni.

Monet etsimistäni kirjoista kuitenkin löytyivät, sillä luin 8-9 vuoden vanhana joskus jopa kolme *Viisikko*-kirjaa päivässä. Silloin kun isommat sisarukseni olivat myöhään koulussa, minuun iski joskus pelokas tai yksinäinen olo. Sitä oli hyvä paeta *Viisikoiden* turvalliseen maailmaan, jossa kaikki oli kunnossa ylitsepursuavia retkilounaita myöten.

Leikimme kavereiden kanssa vielä illalla pihalla *Viisikkoa*. Minä halusin olla poikatyttö Pauli kai siksi, että äiti ja isä leikkauttivat tukkani lyhyeksi jo ennen kouluikää kotikorttelissamme olevalla kampaajalla. Hän kokeili hiuksiini ilmaiseksi Pariisin hiusmessujen viimeisimpiä uutuuksia, sillä mallit näkyivät hänen mukaansa hyvin tummassa tukassani. Erään kampaamoreissun jälkeen oli otsatukkani vino, josta sain kuulla koulussa.

– Nyt sinun täytyy pitää päätä vinossa, jotta otsatukkasi näyttää suoralta, tokaisi eräs älyniekka pojista.

Toisaalta riemuitsin, että näytin punaisiin shortseihin, tennareihin ja t-paitaan pukeutuneena reippaalta *Viisikon* Paulilta. Kun olin isän mukana kaupungilla, saattoi joku vastaan tullut isän tuttava sanoa: – Onpas sinulla komea poika.

– No tyttö se kyllä on, vastasi isä.

En tiennyt, oliko se hyvä vai huono asia, kun tyttö näytti pojalta. Minulle se oli silloin arvon ylennys, sillä tunsin olevani isäni kanssa samaa maata.

Ensimmäiset lainaamani kirjat olivat Tammen kultaisen sarjan ohuita lastenkirjoja, joissa oli paljon kuvia ja vähän tekstiä. Lainasin niitä kirjastosta ison nipun kerralla. Sarja oli pian luettu ja oli aika siirtyä lukemaan *Pekka Töpöhäntiä*. *Viisikoiden* jälkeen lainasin kirjastosta ruotsalaisen Martha Sandwall-Bergströmin kirjoittamia *Gulla*-kirjoja. Köyhän torpan huutolaistytöstä kertovaa sarja päättyi tietysti onnellisesti. Sain eräänä syntymäpäivänäni lahjaksi kirjan *Gulla ja Tomas torppari*, josta tuli minulle arvokas aarre.

Pieni runotyttö- ja *Anna*-sarjat luin useaan kertaan. Brontën sisarusten kirjoittamat *Humisevan harjun* ja *Kotiopettajattaren romaanin* kahlasin myös ennen teini-ikää. En tainnut vain aivan ymmärtää niiden salattua psykologiaa.

Lukemisen lisäksi piirsin lapsena aina kun mahdollista. Pitkät, mannekiininlaihat tytöt täyttivät muotivaatteissaan koulukirjojeni tyhjät alku- ja loppulehdet sekä kotona olevien aikakauslehtien sivujen leveät marginaalit. Yksi mieleeni jääneistä nuortenromaaneista kertoi Pariisissa, Roomassa tai jossakin muussa kuuluisassa Euroopan kaupungissa muotipiirtäjäksi opiskelevasta nuoresta naisesta. Harmikseni en muista kirjan nimeä, mutta sen kyllä muistan, että haaveilin tämän lukuelämyksen jälkeen pitkään muotipiirtäjän ammatista.

Oma kirjastokortti oli tärkeä. Säilytin sitä yleensä lainaamani teoksen takakannen taskussa. Kortti oli vaaleanpunainen tai sininen. Siinä oli nimi, osoite, puhelinnumero ja kirjastokortin numero. Lasten kortti oli erilainen kuin aikuisten kortti. Sillä ei saanut lainata aikuisten osastolta.

Kun asiakas lainasi kirjan, kirjoitti kirjastonhoitaja takakannen taskussa olevaan ruudulliseen eräpäiväkorttiin käsin teoksen palautuspäivän. Toiseen korttiin hän kirjoitti lainaajan kirjastokortin numeron. Lainakirjojen kanssa piti olla tarkkana. Niitä ei saanut liata tai kastella, eikä taskussa olevia kortteja hävittää.

Pahin mahdollinen asia tapahtui, kun saksanpaimenkoiramme Ani oli pentu. Olohuoneessamme olevan pienen kirjahyllyn lasinen liukuovi jäi eräänä päivänä auki ja kutiavista hampaista kärsivä pentukoira pääsi aarreapajalle. Nuorten kirjoittajien Kontakti-kirjasarjan teos oli oiva kohde pienille ja teräville hampaille. Ani ehti pureskella ohuen, pehmeäkantisen kirjan kannet hiirenkorvalle. Äiti joutui maksamaan sen kirjastolle, mikä tuntui minusta isolta asialta, sillä viisilapsisessa perheessä ei kirjojen ostoon jäänyt pahemmin ylimääräistä. Se, että sivut jäivät ehjiksi, oli laiha lohtu – kirja ei nimittäin ollut edes hyvä.

Lastenosastolla järjestettiin tietokilpailuja, joihin isosisareni osallistui. Usein maantietoa käsittelevien kysymysten vastaukset hän etsi kirjaston tietosanakirjoista. Palkinnoksi riitti kunniamaininta: kirjastonhoitaja kirjoitti kolmen parhaan nimet tyhjiin lainauskortteihin ja nimen viereen roomalaisin numeroin sijoituksen I, II tai III. Voittajien kortit laitettiin ilmoitustaululle ja kortin sai sieltä pyytämällä muistoksi itselleen, kertoo sisareni.

Taisin olla liian pieni osallistumaan tietovisoihin, sillä minulla on vain hämärä mielikuva niistä. Mutta niiden vuoksi ehkä sekoittuu toinen lastenosaston kirjastonhoitajista, mustahiuksinen ja silmälasipäinen nainen, mielikuvissani takavuosien TV-tieto-kilpailun Tupla tai Kuitti -juontajaan, Kirsti Rautiaiseen.

Minulla on monia mielikuvia kirjastomatkoista. Kun kävelin eräänä syyspäivänä kirjastoon, riehui niin kova myrsky, että pelkäsin lähteväni kadulta lentoon. Kerran minuun iski paluumatkalla kirjastosta vatsatauti ja minulle tuli vimmattu kiire ehtiä kotiin. Tärkein muistoni on kuitenkin se, kun kävelin yksin kirjastosta kotiin päin ja pidin paria kirjaa huolettomasti kainalossani siten, kuin olin nähnyt isompien tyttöjenkin tekevän. Silloin tunsin itseni miltei aikuiseksi.

Tie vie Helsingin kirjastoihin

Kun muutin aikuisiässä Helsinkiin, tuli Kallion kirjastosta kotikirjastoni, taas mukavasti kävelymatkan päässä.

Piipahdan kirjastossa lähes päivittäin. Jos on alakuloinen olo, kirjastossa käydessään piristyy. Kirjastossa saa olla rauhassa niin kauan kuin haluaa ja sen turvallinen tunnelma tuo mieleen lapsuuden. Hyllyjen välissä on kiva kulkea ja katsella esillä asetettujen teosten kansia. Ottaa jokin niistä käteen ja lukea takakansi. Avata kirja alusta tai sattumanvaraisesti keskeltä ja lukea muutama sivu. Punnita sitten, kiinnostaako opus riittävästi, jotta sen viitsisi kantaa kotiin asti. Vai laittaako se takaisin paikoilleen odottamaan kiinnostuneempaa lukijaa.

Kun selailen eri aihepiirejä käsitteleviä kirjoja, minusta tuntuu kuin olisin mielessäni ulkomaan matkalla, tähyilemässä uusia maisemia. Joitakin kirjoja on mukavinta lukea palanen paikan päällä, juuri siinä tunnelmassa, jonka kirja on herättänyt. Kotiin asti ei kiinnostus aina kanna tai ainakin haalenee.

Jos näen liian monta kiinnostavaa kirjaa yhdellä kertaa, minulle tulee tunne, kuin olisin karkkikaupassa. Minkä näistä ottaisin? Onko minulla edes lainausvaraa, vai hipooko kotona olevien lainakirjojen määrä jo sallittua neljänkymmenen rajaa?

On siis tehtävä kylmiä päätöksiä: rankattava teokset kiinnostuksen, harvinaisuuden ja ilmestymisvuotensa mukaan. Tavoitellut uutuudet ja seitsemän päivän pikalainat ajavat yleensä muiden ohi. On pakko ottaa käsillä oleva harvinaisuus mukaansa ja luopua jostakin helpommin saatavilla olevasta kirjasta.

Pahin on tilanne silloin, kun lyhytlainahyllyssä on kaksi tai useampia kiinnostuksen kohteita – tai kun kotona odottaa jo yksi lyhytlaina, joka pitäisi palauttaa parin päivän sisällä. Tarvitaan rationaalista harkintaa ja päätöksentekokykyä. Jääkö minulle riittävästi aikaa lukea yöpöydällä odottava kirja, jossa olen päässyt vasta ensimmäisen luvun loppuun, sekä tämä 400-sivun tiiliskivi? Yleensä päädyn yrittämään molempia.

Kirjastot ovat muuttuneet huimasti sitten lapsuuteni käsin kirjoitettujen lainauskorttien. Tietokoneet ja asiakaspäätteet ovat vallanneet kirjaston kuin kirjaston, ja langaton verkko mahdollistaa oman läppärin käytön. Kirjasto on erinomainen paikka työskennellä: ympärillä on ihmisiä, mutta silti on kohtuullisen hiljaista kirjoittamiseen – muuallakin kuin lukusaleissa.

Toivottavasti kirjastojen menestystarina jatkuu vielä pitkään. Kun Helsingin kortteleita "elävöitetään" kalliilla designliikkeillä ja ravintoloilla, on mukavaa tietää, että Suomen ilmastossa on vielä paikkoja, joihin jokaisella on oikeus tulla ja olla rauhassa – ilmaiseksi.

TARJA PAATELAINEN

Elämäni kirjastot

Olin juuri oppinut lukemaan, kun pääsin ensimmäisen kerran isän mukana kirjastoon. Muistan vieläkin, kun kapusimme portaita pitkin koulun siipirakennuksen yläkertaan. Ovelta paljastui kirjaparatiisi. En ollut koskaan ennen nähnyt yhdellä kertaa niin paljon kirjoja. Isä vei minut lastenosastolle. Matalissa hyllyissä oli ikäisilleni sopivia kirjoja ja korkeissa hyllyissä koululaisten lukemista. Katselin ihaillen ylähyllyillä olevia paksuja kirjoja. Ehkä joskus minäkin pääsisin niitä lukemaan. Kuusivuotiaana olin vielä niin pieni, etten edes ulottunut ylähyllyjen kirjoihin. Aikani hyllyjä tutkittuani valitsin lainattavaksi H. C. Andersenin satukirjan *Keisarin uudet vaatteet*. Vein kirjan isän kanssa lainaustiskille ja minulle tehtiin oma vaaleansininen kirjastokortti. Nimen ja osoitteen lisäksi korttiin laitettiin ensimmäinen vuosileima -67.

Vartuttuani vanhemmaksi sain luvan käydä kirjastossa aivan yksin. Siitä tulikin nopeasti jokaviikkoinen tapa. Kirjoista tuli minulle ystäviä ja samaistumisen kohteita. Anni Polvan *Tiina*-kirjat olivat ensimmäisiä suosikkejani. Tiinan reippaus ja hyväsydämisyys katumusvirkkauksineen vetosivat minuun. Olisin itse halunnut olla Tiinan kaltainen rohkea tyttö. Nyt, vuosikymmeniä myöhemmin, en voi olla ajattelematta miten hyvin *Tiina*-kirjat kuvasivatkaan tuon ajan arkista elämää.

Mieleeni ovat jääneet myös Martha Sandwall-Bergströmin *Gulla*-sarjan kirjat. Ensimmäisen kirjan *Gulla, torpan prinsessa* sain joululahjaksi. Köyhistä ja vaatimattomista oloista lähtenyt tyttö vetosi minuun heti, ja niin päätin etsiä jatko-osia kirjaston hyllyistä. Kirjat tulikin luettua useaan otteeseen, ja vielä tämän vuosituhannen alussa kyseiset kirjat löytyivät kirjaston kesävarastosta, kun tyttärenikin halusivat lukea suosikkikirjani.

Tyttökirjojen jälkeen törmäsin *Viisikko*-sarjaan. Enid Blytonin kirjoittamista seikkailukirjoista lähes kaikki oli kirjoitettu ennen syntymääni. Viisi nuorta ja Tim-koira ratkaisivat mitä kummallisimpia arvoituksia, mutta aina kaikki päättyi kuitenkin onnelliseen loppuun. *Viisikko*-kirjat olivat muidenkin suosikkeja, joten niitä saadakseni minun oli käytävä monta kertaa viikossa kirjastossa. Muutama *Viisikko* tuli luettua katulampun kajastavassa valossa, kun äiti oli käskenyt sammuttaa valot mielestäni liian aikaisin.

Blyton kirjoitti myös lukuisia *Seikkailu*-, SOS- ja *Salaisuus*-sarjojen kirjoja. *Viisikko*-kirjoille niissä oli yhteistä nuoret, jotka ratkaisivat arvoituksia. Viimeinen Blytonin arvoitus selvisi minulle kuitenkin vasta vuonna 2008 hänen elämänkerrastaan. Siihen päivään asti olin aina kuvitellut, että Enid Blyton on mies.

Nuoruudessa siirryin pikkuhiljaa tutkimaan myös aikuisten hyllyjä. Ensimmäisiä lainaamiani aikuisten kirjoja taisivat olla Anni Polvan rakkausromaanit. Viedessäni kirjoja lainaustiskille minua hieman jännitti, että sanoisiko kirjastovirkailija minun olevan vielä liian nuori lainaamaan aikuisten kirjoja. Tuohon aikaan virkailijat valvoivat tarkasti sitä, mitä minkäkin ikäisenä on soveliasta lainata. Saattaisipa valvonta olla tarpeen tänäkin päivänä, vaikka itselainausperiaate onkin yleistynyt kirjastoissa.

Murrosiässä kirjastoa saattoi käyttää myös hyvännäköisten poikien etsimiseen. Kirjaston lukusali oli siihen oivallinen paikka, sillä se sijaitsi parvella toisessa kerroksessa. Kaverin kanssa kävimme joka viikko lukemassa Anna-lehdestä horoskoopit ja samalla odottelimme, josko senaikainen ihastuksen kohde sattuisi saapumaan kirjastoon. Joskus taidettiin saada nuhteitakin liian äänekkäästä supatuksesta, sillä lukusalissa ei olisi saanut puhua.

Yläasteen ja lukion aikana koulussamme toimi pieni koulukirjasto. Sinne oli mukava paeta sade- ja pakkaspäivinä, sillä sieltä eivät opettajat tulleet häätämään ulos välitunnille. Enimmäkseen koulukirjaston teokset olivat kuivia tietokirjoja, joita ei huvikseen tehnyt mieli lukea.

Ikkunalaudalta löytyi kuitenkin kokoelma Kontakti-sarjan kirjoja. Kustannusyhtiö Kauppiaitten Kustannus Oy oli julkaissut nuorten kirjoittamia kirjoja. Niitä oli mielenkiintoista lukea, olivathan niitä kirjoittamassa olleet ikäiseni nuoret, jopa nuoremmatkin. Nykyisin tuon ajan kirjailijanalkuja saattaa bongata kirjamessuilla luennoimassa juuri julkaistuista kirjoistaan.

Yliopistomaailmassa tutuksi tuli tietenkin yliopiston kirjasto. Valtava määrä oppi- ja tietokirjoja, lukusaleja, kopiokoneita ja kaksi kahviota.

Oli kahden viikon lainoja, kuukauden lainoja, viikonloppulainoja, yölainoja ja lukusalilainoja. Siitä huolimatta tuntui tarvitsemani kirja aina olevan lainassa jollakin muulla kuin minulla. Tentteihin mentiin, jos satuttiin saamaan tenttikirjoja lainaksi.

Yliopistolla järjestettiin myös kirjaston käyttämiseen opastusta. Luettelot ja kortistot tulivat tutuiksi, samoin varausten ja kaukolainausten tekemiset. Opastuksesta on ollut paljon hyötyä muidenkin kirjastojen käyttämisessä. Ilmapiiri yliopiston kirjastossa oli kuitenkin erilainen kuin omassa tutussa kotikirjastossa. Massiivinen rakennus huokui tietoa ja viisautta jo ulospäin. Sisälle astuttuani tuntui kuin hukkuisin sinne kaiken viisaan tiedon joukkoon. Suuri osa teoksista oli vieraskielisiä ja minulta puuttui avain tuohon vieraskieliseen maailmaan. Niinpä siirryin vähitellen takaisin tutun ja turvallisen kotikirjaston käyttäjäksi, selvisihän siellä vielä omalla äidinkielellä.

Jossain vaiheessa saatiin paikkakunnalle aivan uusi kirjastorakennus. Tilat olivat väljät ja alakertaan avautui musiikkiosasto. Siellä saattoi kuunnella musiikkia paikan päällä tai lainata sitä kotiin. Musiikkiosaston vieressä avautui suuri sali, jossa yleisö saattoi käydä katsomassa vaihtuvia taidenäyttelyitä, ja pienempään tilaan oli sijoitettu lasten satunurkkaus. Uudessa kirjastossa oli erillinen tutkijasali, johon oli sijoitettu tietokirjallisuutta ja kotiseutuaineistoa. Viereisessä tilassa oli lehtilukusali, joka oli avoinna myös kirjaston aukioloaikojen ulkopuolella.

Lainaaminen on muuttunut vuosien saatossa. Kirjojen takakansissa oleviin taskuihin ei nykyisin sujautetakaan eräpäiväkortteja eikä kirjojen tunnuskortteihin kirjoiteta oman kortin lainaajanumeroa. Enää ei myöskään vuoden ensimmäisen lainauksen yhteydessä kirjastokorttiin saa vuosileimaa. Tänä päivänä kirjastokorteissa ja kirjoissa on nykyaikaiset viivakoodit, joita kone lukee ja lopuksi se vielä tulostaa listan lainatuista kirjoista. Samalla kortilla voi myös lainata useamman kunnan kirjastosta, sillä mm. säästösyistä kirjastot ovat alkaneet tehdä yhteistyötä yhä enenevässä määrin.

Kirjastojen kortistot on siirretty tietokoneaikaan, ja sen vuoksi kotikoneiltakin on mahdollista selailla kirjaston valikoimia, uusia lainoja ja tehdä varauksia. Tietokoneita on hankittu kirjastoihin myös yleisökäyttöä varten. "Vartin koneille" pääsee yleensä jonottamalla, muille koneille voi etukäteen varata ajan. Paikallisen kirjaston voi hyvässä lykyssä löytää myös Facebookista, saapumisilmoitukset piippaavat kännyköissä ja kirjoja voi nykyisin kuunnella. Ei siis tarvitse osata edes lukea, kun jo voi alkaa käyttämään kirjaston palveluja.

Lasten myötä perheemme kirjastokäynnit vain lisääntyivät. Kirjastokassi oli täynnä äidin ja kolmen lapsen kirjoja. Jokainen lapsista sai ajallaan ikioman kirjastokortin ja löysi omat suosikkikirjansa. Joskus tarttui mukaan myös poistomyyntiin asetettuja kirjoja. Nuorin tytär oli ikionnellinen saadessaan ostaa omaksi suosikkikirjansa, Elyne Mitchellin kirjoittaman *Thowra, hopeaharjan.*

Lasten kanssa oli helppo käydä myös kirjastoautolla. Sieltä löytyi nopeammin uutuuskirjoja kuin itse pääkirjastolta. Muutenkin valikoimassa oli niitä luetuimpia kirjoja. Kirjastoautolla opittiin myös käytöstapoja, kun kuljettajaa tervehdittiin ja kiitettiin palvelusta ja vielä ovella huikattiin "hei hei". Kirjojen lainaaminen opetti lapsia myös käsittelemään kirjoja oikealla tavalla, sillä nehän eivät olleet omia kirjoja. Jos rikoit kirjan, jouduit sen korvaamaan kirjastolle; sen lapsikin ymmärsi jo pienenä.

Lasten lennettyä pesästä minulle on jäänyt enemmän aikaa lukemiselle. Mielentilan mukaan valitsen enimmäkseen dekkareita tai romantiikkaa luettavaksi. Joskus taas tarvitsen oikeata tietoa mieltä vaivaavassa pulmassa, silloinkin apu löytyy kirjastosta. Nykyisin voin lainata myös vieraskielistä kirjallisuutta kehittääkseni kielitaitoa.

Maanantai-ilta on paras aika käydä kirjastossa, sillä silloin palautettujen hyllystä löytää helposti paljon lukemista. Seuraavaksi suuntaan yleensä uutuuspöytää tutkimaan ja sitten käyn läpi, onko tutuilta suosikkikirjailijoilta vielä lukemattomia kirjoja hyllyssä. Uuden kirjailijatuttavuuden löytäminen pelastaa aina päivän, varsinkin, jos häneltä on ilmestynyt useita teoksia. Joskus taas huonon kansikuvan takia tulee laitettu kirja takaisin hyllyyn. Niinkin on käynyt, että tutun ja turvallisen kirjailijan uusin tuotos on ollut pettymys. Suosikkikirjailijoilta odottaa saavansa tietyntyylistä tekstiä ja poikkeamat entisestä eivät aina vastaakaan lukijoiden odotuksia.

Äänikirjat eivät ole päässeet suosiooni. Toki lapset kuuntelivat satukasetteja innoissaan, kun eivät vielä itse osanneet lukea, mutta aikuisten äänikirjat eivät ole olleet mieleeni. Kirjaa on voitava hypistellä ja selata käsissä; sitä on voitava lukea missä vaan ja milloin vaan. Sähköiset kirjatkin tekevät tuloaan, ja jotkut kirjastot tiettävästi jo lainaavat e-kirjan lukulaitteita. Itse en kuitenkaan usko siirtyväni kovin helposti oikeasta kirjasta e-kirjaan. Kirjat kirjoina ja netti nettinä, olkoon se mottoni.

Olen myös kirjakerhojen pitkäaikainen jäsen. Kerholehdistä bongailen uusia kirjoja, joita sitten etsiskelen omasta kirjastosta. Rakkaimmat kirjat tulee toki hankittua kotihyllyyn. Sama trendi on jatkunut kirjamessuvierailuillakin. Edullisempia hyviä kirjoja tulee ostettua, mutta kalliimmat kirjat lainaan kirjastosta. Messuille vetää kuitenkin "kirjojen henki". Messuhallin tungoksessa vilisee lukijoita laidasta laitaan ja saattaapa siellä tavata suosikkikirjailijankin ihan ohi mennen. Olisipa mukavaa joskus tavata kotipaikkakunnankin kirjastossa ihan oikea kirjailija kertomassa teoksensa syntyvaiheista. Kuulijoita varmasti riittäisi.

Useat kirjastot ovat alkaneet järjestää kirjailtoja eri teemoilla. Etukäteen sovitun kirjan lukeneet kokoontuvat yhdessä keskustelemaan kirjasta. On mielenkiintoista kuulla, miten erilaisia näkökulmia samasta kirjasta voikin löytyä riippuen esimerkiksi lukijoiden iästä, sukupuolesta tai harrastuksista. Kirjastoissa järjestetään myös näyttelyitä liittyen esimerkiksi ystävänpäivään, itsenäisyyspäivään, jouluun tai vaikkapa sodan päättymiseen. Näyttelyissä tuodaan esille teoksia myös kirjaston kätköistä. Moni noista kirjoista on ollut jo vuosia varastoissa pölyttymässä, mutta näyttelyn myötä saattaa taas kohdata uusia lukijoita ehkä nuoremmista sukupolvista.

Ensimmäisen kirjastokäynnin jälkeen toinen sykähdyttävä kirjastovierailu tapahtui muutama vuosi sitten Helsingissä. Pääsimme työporukan kanssa opastetulle kierrokselle Kansalliskirjastoon. Kellarin uumenista löytyi monenlaista painettua aineistoa. Oli mainoksia, karttoja ja todella vanhoja Raamattuja. Tuntui uskomattomalta, miten vuosisatoja vanhaa aineistoa on niin hyvin säilynyt meidän päiviimme asti. Tuskin uskalsimme hengittää vanhimpien aineistojen läheisyydessä. Itse rakennuskin huokui arvokkuutta, kuten Kansalliskirjaston arvolle sopii. Onhan se kirjastolaitoksemme kruunaamaton kuningas.

"Lukeminen kannattaa aina", mainosti Jörn Donner aikanaan kirjakerhoa. Tuon sloganin ajatusta olen koettanut omalta osaltani noudattaa käyttämällä ahkerasti kirjastopalveluja. Mitä jää jäljelle, kun tv, radio ja netti eivät toimi? Tietenkin kirjat, joita voi lukea kynttilänkin valossa.